告诉我，什么是数学？

大教授的科学课

〔德〕古伦·梅思 〔德〕哈德·莱士 著　〔德〕卡娜·维尔 绘　詹湛 译

人民文学出版社
PEOPLE'S LITERATURE PUBLISHING HOUSE

著作权合同登记号： 图字 01-2019-7413

Author: Gudrun Mebs and Harald Lesch
Mit Mathe kann man immer rechnen
Copyright © 2016 cbj Kinder – und Jugendbuchverlag, in der Verlagsgruppe Random House GmbH, München, Germany
This edition arranged by Himmer Winco
Simplified Chinese copyright © Shanghai 99 Readers' Culture Co., Ltd
ALL RIGHTS RESERVED

图书在版编目(CIP)数据

告诉我,什么是数学？/(德)古伦·梅思,(德)哈德·莱士著;(德)卡娜·维尔绘;詹湛译. —北京:人民文学出版社,2021
(大教授的科学课)
ISBN 978-7-02-015407-4

Ⅰ. ①告… Ⅱ. ①古… ②哈… ③卡… ④詹… Ⅲ. ①儿童小说-中篇小说-德国-现代 Ⅳ. ①I516.84

中国版本图书馆 CIP 数据核字(2019)第 155175 号

责任编辑　甘　慧　杨　芹
封面设计　汪佳诗

出版发行　人民文学出版社
社　　址　北京市朝内大街 166 号
邮政编码　100705
网　　址　http://www.rw-cn.com

印　　制　山东临沂新华印刷物流集团
经　　销　全国新华书店等
字　　数　134 千字
开　　本　880×1230 毫米　1/32
印　　张　6.75
版　　次　2021 年 1 月北京第 1 版
印　　次　2021 年 1 月第 1 次印刷

书　　号　978-7-02-015407-4
定　　价　49.00 元

如有印装质量问题,请与本社图书销售中心调换。电话:010-65233595

数学，无处不在！

目　　录

序　写给所有还不认识我们的人
〈1〉

第一章　数字的奇迹
〈5〉

第二章　他希望成为一个幸运数字
〈22〉

第三章　教授又开始天马行空了，只不过很短暂
〈32〉

第四章　"测量，然后造出它！"
〈41〉

第五章　大家来称樱桃！今天的和古老的称法
〈66〉

第六章　在混凝土泥浆里也藏着数学呢
〈80〉

第七章　一堂没有数字出现的"路面美术课"
〈 107 〉

第八章　数学总可以帮人计算
〈 128 〉

第九章　她是否知道，自己正在小提琴上"演奏数学"？
〈 151 〉

第十章　数字最奇妙的地方就是数字本身
〈 175 〉

尾声　我们的最后一节课，有啤酒，有汽水，也伴随着思考！
〈 190 〉

序　写给所有还不认识我们的人

大家好，下面这些，写给所有还不认识我们的人，而原本认识我们的人，也应该仔细倾听。

好了，我们的教授终于出现了，而且我们大伙仍然待在教授旁边。你知道吗？我们的这位好朋友呀，是在一所大学任教的大教授，他简直什么事情都知道！但除了一点——应该如何给自行车补胎。对此，他真的一无所知。而我们呢，对这样的事手到擒来。所以吧——我们之间总能互补。

我的名字叫伊达，这里还有一个小姑娘，她的名字叫丽莎，是班上成绩最好的一个。丽莎出门的时候总是带着她的小妹妹西莉娅，以及那条小狗莱卡（它最爱贴着西莉娅的脸蛋）。我们还有另外一个重要成员——戴着牙箍的卢卡斯，他的两条腿总是乱动个不停。还有一个家伙名叫蒂姆，他的特点吧……简单地说，他爸爸对他而言神圣不可侵犯，当然在他的眼里，薯条、面包什么的也很神圣！

教授与我们有着深厚的友谊，大家相识很久了。故事是这样发生的，我在生日那天，许愿能有一个教授来为我解释这世界上的所有东西，特别是那些我的爸爸妈妈并不太清楚的事情。于是，不知怎么，我的大教授就出现了，而且，他非常迅速地成了我们大家的教授。你瞧，这样一件完美的"礼物"，假如能和你的朋友分享，是不是很棒呢？

假如你问我，教授为何如此乐意并心甘情愿地变成一份启发我们心灵的"生日礼物"？答案是，他喜欢小朋友，特别是喜欢和我们在一起！何况他一直觉得，孩子们的理解力总是被低估，而他绝对不会和别人一样低估我们。是的，关于这一点，他不只是口头说说，已经付诸行动了。那么，就具体说说他究竟教了些什么吧。首先，教授向我们讲解了关于天和地的故事。选择的授课地点是在池塘边、足球场上，以及夜晚的公园里。要知道，我们的大气层上方运转着十分巨大而强劲的一些东西，其中一些甚至会威胁到我们的地球！但是——"我们的孩子，是能够去理解真相的"——这是教授亲口说的。从此，这句话也成了我们最爱的座右铭。

接下来，我们和他一起去露营了。记得那一回，他所教授的是关于哲学的事情。说真的，听了之后，所有人的脑子里都变得痒痒的——他说过"哲学就像在脑海里挠痒痒",这种感觉是不是很有趣?其实说得明白一些,就是带领我们思考,为什么世界上的这个会这样,而那个会那样,以及为什么那些事物会以独特的方式存在?凑巧的是,久远之前的古希腊哲学家也思索过类似的问题。

再后来,我们一起去了大自然里骑自行车,本来还打算去一家游乐园和一座博物馆的,可惜那天都关了门。不过,还是我们的教授说得对:大自然总在运行,无止无尽,没有关门的那一天。关于为什么从一棵橡树里无法长出雏菊花的问题,我们称之为"进化"。关于这一点,我们之前确实一无所知,现在呢,已了解得很清楚了。

所以,教授并不单单给我们的脑袋里灌输新知识,还带领我们真真切切地去经历和感受。

例如,有一回,教授掉进了小溪里;又有一回,卢卡斯从很高的岩石上摔了下来;还有一次,我们差点弄丢了小狗莱卡,还好在公园草地上将它重新找回来了;另外,我们竟然将小家伙西莉娅遗忘在了大雨里的咖啡店门前。

所有这些小故事都是令人难忘的。我们先是一起经历,然而再一起讨论,既是美好经历,又收获了很多知识,真是一石二鸟!但是,真正的一石二鸟我们是不会做的,我们要爱护鸟类。苍蝇也好,鸟儿也罢,都不应该伤害它们。因为它们属于大自然,所以也应该和我们一样,有权利享受生活在大自然中的自由自在。

如今，我们从他那里已懂得了许多事情。可惜教授好久没有和大家碰头了，对，已经超过了三个星期。

我多少有些伤心，然而也不好意思直截了当地说出来。现在，我也没必要再说啦！因为昨天我收到了一张教授寄来的明信片，上面是这样写的：

我最亲爱的伊达，数学是我最喜欢的科目，你知道吗？你们对数学有没有兴趣？如果有兴趣，明天一早就在童话泉边见吧！我想讲一些故事给你们听……

读完之后，我的好奇心一下子被勾起了，而其他小伙伴也一样。只是太小的西莉娅和莱卡恐怕就没什么感觉吧！对了，蒂姆希望带着他的数学作业一起去。谁知道他怎么想的！大概他以为教授会替他做完吧。

第一章　数字的奇迹

今天的安排大致是这样的，我们先去和教授先生碰头，然后上一堂特别的数学课。也就是说，今天一定会成为一个特别的"数学日"。我们这位在脑子里存着好多东西的大教授呀，今天保准会将所有关于数学的知识都翻出来，然后呢，一个接一个地塞进我们的小脑袋。可想而知，短短一堂课的时间肯定不够，我们需要整整一天。

早在前天，大伙都开始很兴奋地期待着今天的这个"数学日"了。双肩包早早地就准备妥当，里面放好了野餐所需要的一切。那是我们的妈妈们为我、蒂姆和卢卡斯三人特意准备的。丽莎有能力自个儿完成一切打包工作，而小姑娘西莉娅——她们的妈妈从来都没有足够的时间来管这些事，所

以作为姐姐的丽莎就默默承担啦!

　　西莉娅的岁数还很小,她出门一定得裹着尿不湿!虽然她还会时不时地发出尖叫之类的声音,但多少也算是个懂事的小屁孩吧,比那种"尿不湿宝宝"总归大一些。当然,今天能来这里参加"数学日"的人,不可能是一个啥都不懂的"尿不湿宝宝"。

　　我们开始出发了,每个人的双眸都闪闪发光。西莉娅在一边蹦蹦跳跳,小狗莱卡也紧跟着她。假如莱卡不是一条狗,那么我猜,他俩一定会是双胞胎!

　　童话泉位于哥廷根市的中央,泉水旁伫立着放鹅女伊丽莎白的石刻雕像,她的身后跟着三只石雕大白鹅。这就是哥廷根的标志。

　　我们和他约在这里碰头。对,他是一个很有智慧的人。

如果要向我们阐释一些艰涩的话题，比如有关数学，他会允许西莉娅到旁边的鸭子泉去看鸭子游泳，也会让小狗莱卡跟着去。这样一来，这两位小家伙就不会打扰到我们的教学了。

但愿他不要迟到！

不，他不会的。他来得比我们都早呢！我们可以看到他闪光的眼镜。他蹲在泉水的边上，身边就是那些由石头刻成的大白鹅。他挥着手对我们说："亲爱的小朋友们，热情的数学之友，欢迎你们的到来！不过……谁能抽空帮我照顾西莉娅，防止她掉到泉水里呢？"

我们的教授,你好呀!见到你真高兴,但是你不能在泉水边这样摇晃着腿,不然会打湿鞋的。

但这些话我绝对不会大声地说出来。这种话,你不能说给一个教授听。不过,我现在不明白为什么他会选择在这里聚会,而不是随便选一个放着桌子的房间——就像学校里的教室,因为那儿好像才是数学该待的地方。

"伊达,你一定弄错了吧?数学是无处不在的。"教授对我说。他将手臂伸直,指向那些房屋和街道,还指了指天空和泉眼:"假如没有数学计算,任何事物都不能正常运行。"

他这么说着,随手擦了擦眼镜上的水珠,可是镜片上还留着水渍呢。

只见蒂姆的手里摇晃着什么……哈,那是他的数学作业本!

"数学在我这儿也无处不在!"于是他自说自话地朗读了出来:

"一头小猪希望用稻草建一栋小房子,准备从农夫那里购买100捆稻草。稻草共计12公斤,而它一共准备付给农户500欧元。但是最后,这个农夫只带来了95捆稻草,但笨笨的小猪并没有发觉这一点……"

蒂姆停了下来。教授听得朗声大笑,拍着蒂姆的帽子说:"我知道你打什么主意,我的好朋友,可惜行不通……家庭作业可不是我该负责的。我们来这儿,是准备讲述一些和真正的数学有关的东西。"他注视着我们,眼镜片闪闪发光,说,"你们发现了吗?"

这是什么意思?我们应该注意到什么?我只知道,现在蒂姆应该将他的数学作业本放回包中,然后回家去向他的爸爸求助。除此以外,还有别的吗?

我的天,教授,别打哑谜了。

然而,他只是继续咧嘴笑着,两条腿晃来晃去,声音缓慢、响亮而又清晰地说道:"现在请你们说说看,到底谁理解了我的话?"

啊,教授,我反正是没有理解。显然,其余人也一头雾水。不过,丽莎可能不一样,我们中最聪明的人就是她。只是这回她好像也懵了。假如她不行,其他人又怎么会行?

丽莎突然蹦出了一句:"在数学里,一切都和数字有关!"她的样子是那么投入,几乎把身边的小妹妹给忘记了。你瞧,西莉娅正在泉水边拍水玩,还好卢卡斯紧紧抓住了她的裤腿。

丽莎接着解释道:"如果说数学是无处不在的——就像你刚才说的那样,那么它也应该藏在我们的语言之中才对!我得承认,这一点我到现在才注意,在'讲述'一词中不是正藏着数字吗?"

是的，没错，在我们德语中，"讲述"一词的词根[①]正是"数字"的意思。我也找到了！不过也是刚刚才注意到的。教授显出很高兴的样子，并向丽莎竖起了大姆指。她的确值得这样的夸奖。

终于，大家都有点"开窍"了噢！然后一大堆和"数字""计算"有关的词语被七嘴八舌地抛了出来。

不可估量，

千方百计，

锱铢必较，

屈指可数，

斤斤计较，

数不胜数，

贪多必失……

这种语言游戏简直太有意思了，我们玩得有些上气不接下气。直到所有能想到的词都被我们说出来，游戏才渐入尾声。大家都做得很棒，对吗？

教授哈哈大笑，竖起了两个大拇指，显然他的意思是说，所有人都获得了一百分！不是吗？他接着补充了一句："我的

---

① 德语中，"Erzählen"（讲述）的词根"zahlen"是数字的意思。

这些年轻的朋友真是无价之宝!"

这样的称赞无疑让我们非常骄傲。今天的数学课就这样开始了。

大伙都蹲在童话泉的旁边,身边不断地有人匆匆而过。他们也许是去购物,只有我们这几个小伙伴在仔细思索着刚才的词语。

请仔细想想,是不是有点可笑呢,人们每天喋喋不休的话和经常听到的话,还有,觉得再普通不过的话,其实都有"数字"隐含其中,只是很少有人注意到。

教授,这种情况是不是还有很多呢?我是指,不属于数学作业,却在生活中扮演更重要角色的那类数字?

教授擦了擦他的眼镜,一个接一个地在那三只大白鹅石像的身上拍打着,脸上带着神秘莫测的微笑。好吧,现在他是想让我们自己深入思考吗?拍打着三只大白鹅,兴许是一个暗示?

可大家的思考似乎遇到了困难。丽莎咬着她的马尾辫,看得出她在苦苦思索。蒂姆的嘴巴里好像也在咀嚼着什么好滋味,不过人走神了——反正在他那里,很难得到什么好主意。只见他有些不高兴地瞧着我。为什么这么看着我?啊,难道他看出了我在想什么?

"比如……你真是一个大大的零蛋……"我说。同时,我意识到自己不当心地推搡了他一下。真是不当心的,蒂姆!

我仅仅是举个例子,没别的意思,不是说你啦。他会相信我的解释吗?看起来很难。

"反正我不想陪你们玩了。"他一面嘟哝着,一面再次将自己的鼻尖埋入自己的背包里。

我的天,蒂姆。

卢卡斯正在做的事情,对于我们的思考也没有丝毫的帮助呢!他正尝试着手脚并用地逮住卷毛小狗莱卡。这个小家伙呀,无论如何都想跳到泉水边的西莉娅身边去。西莉娅想将手伸到水池里去拍打泉水,她的一串玩具小鸭子还在排队等着洗澡呢。

"现在说到哪儿了,我的朋友们?"教授喊道。听他的语气,好像有些不耐烦了。

"难道说,要等到我的手在三只鹅上拍疼了,你们才能明白吗?我再重复一遍吧,三只。"

"小鸭子,我要去抓,童话,我也要听!"西莉娅语无伦次地尖叫了起来,并且一屁股坐到了卢卡斯的大腿上。

"听,西莉娅喊出的字眼,你们听到了吗?"教授喊道,并一把抓住了莱卡。

终于,这次大家"开窍"了。不过谁先说呢?当然还是丽莎。

她是这么说的:

"每天晚上我都会为西莉娅朗读童话。当然她每次都会安静地听。我的确注意到了，故事里经常重复出现的数字是3。例如，每本书里的小仙女都会实现你的三个愿望——虽然我觉得听上去很傻，但西莉娅不觉得。可不是吗？再例如，公主一共来了三次，为的是看望她的孩子和那只宠物。在童话中，好像只要涉及数字，通常都是3！"

"所以我推断，"她的声音变得有些骄傲而低沉，"数字3一定有某种神秘的象征意义。'神秘'这个词来自希腊语'Mythos'，原意是'神话'。希望这些信息能够给你们一些启示。"

没错，丽莎，你说得对，我们确实有些新想法了。

来吧，蒂姆，还是一起玩吧。你应该还记得大伙在前一次哲学课里学过哪些东西吧。嗯？我们现在又要用到它们啦！

"我爸爸早就说过这些了。"蒂姆嘟哝着，好像突然决定不再生我的气了，"从神话到规律，很好。神话什么的，顶多只是童话故事罢了。我们都不太相信它们是真实的，除了西莉娅。但就算小西莉娅，大概很快也不会再相信这些。我觉得只有符合严谨的规律才是理智的，也只有这样，人才可以独立思考。我的爸爸懂得很多，伊达，你得承认这一点！"蒂姆说道。

蒂姆，我很愿意承认这一点。但是，你老提你爸爸让我有点烦。不过这话我是不会说出来的。不管怎么样，蒂姆开

始参与我们的讨论了,就像教授说过的,一旦集中注意力,讨论就会顺利开始。

这时,卢卡斯这位很称职的"西莉娅监护人"也加入了讨论。他的嘴巴里还戴着牙箍,所以发出的声音有些含糊不清:"我觉得在童话里还有更多谜一般的数字呢!丽莎也许是忘记了。比如,有一双每日能走七里路的靴子,还有七个小矮人的故事。"然后,他也举不出别的例子了。

我们其他人都没了主意。

教授先生呢?他正摇晃着自己的脑袋,将莱卡从他的大腿上放了下来,让卢卡斯带着西莉娅和小狗去一边玩。只见尿不湿小矮人和卷毛小狗莱卡跳到了教授的背包上,一个劲地蹦来蹦去。我想,假如他的包里装着一些软绵绵的东西,现在一定被踩扁了吧。

这下,我们可以不受干扰地继续讨论规律了。"它们都包含着数字,我说得对吗,教授?数字代表着理智……"

"以及,某些神秘的东西!"丽莎紧接着喊了出来。她可不会放过这种机会,关于神秘的话题总会让她特别兴奋。她接着说道:"数字不只代表着某个数,也可以有特定的意思,我说得对吗,教授?"

但是当教授正要说话时,大伙已经兴致勃勃地七嘴八舌了。我从来没有想过关于数字的思考会变得这样有趣,我同样没有想到的是,数字这个玩意不只出现在数学课上,也可以在别的地方出现，拥有另外一些意义。这些事情，我们怎么没有早一些注意到呢？

"你想想，类似的事情不可能发生在字母表里的 ABC 上！因为我们都知道，在字母表里的 A 永远代表 A，B 则永远代表着 B，而且所有字母都是依次排列的。但是……数字 1 就不同了，在课堂里这个 1 可以代表优秀。对了，这个得分，我经常拿到！①这点让你们觉得遗憾？显然，要是获得一个 'F'，我肯定没法高兴起来。瞧，这就是一件习以为常的事！"不用多说，这句话出自我们的丽莎。

"但在足球比赛里，只进一个球是相当普通的成绩啦！"哎！说出这个反对观点的人一定是卢卡斯。

"进五个球才叫一级棒！但是在数学考试里，得分 5 就是一场灾难。我爸爸早就提到过这一点。"蒂姆继续自说自话地嘟哝道，"假如我能获得一个 1 的成绩，对他而言就是个奇迹。"

说到这里，蒂姆又开始翻找他那份关于小猪的作业了。

"你还是把作业收起来吧！"卢卡斯咯咯地笑了，"你爸爸一定会拒绝这份奇迹的。假如听到你吃了五个苹果，而不是一个的话，他才会高兴呢！我说得对不对？你这个家伙！"

---

① 在德国学校里 1 代表高分，5 是最低分。

说着,卢卡斯朝着蒂姆的肚子擂了一拳,是轻轻地,毕竟他们一直是很要好的朋友。不过好像……他突然又想起了什么?或许只是不想继续打击他的好朋友。他是这样说的:

"我有一个姑妈住在瑞士,我们经常到她那儿玩。蒂姆,你现在给我好好地听着。假如你在瑞士的学校里,数学考试得了一个5,那就意味着已经接近世界冠军的水平了。他们的学校里,计算方法是完全不一样的。我的姑妈就是这样跟我说的。如果你能再加把劲获得6,那么毫无疑问是最棒的成绩。话说回来,5已经相当不错。可是假如你只得到一个1,那就意味着没有更差劲的分数了。"

这是真的吗?我们倒没听说过。我想,教授肯定也不知道吧。显然他正仔细倾听我们的对话。他在瑞士大概是没有什么姑妈的,我猜。

而我立即产生了一个很重要的想法,请你好好地听着,教授!"一个数字可以带来喜悦,也可以带来悲伤,而一个字母却不行。没错,单个字母要做到这一点还不够,我们起码要有一个完整的句子才行。这一点是不是很令人惊奇呢?"

是的,教授显得很惊奇,但是我觉得他只是为了让我高兴,才表现出惊奇的吧!也许教授先生早就注意到了这一点,但我还是很高兴。

一个数字竟然可以包含如此多的意思,这是我之前完全不知道的。但是这时,丽莎好像又有一些新的观点要发表了。

只见她一边啃着自己的马尾辫,一边说道:"我已经得出结论,数字不只是用来计数的,更准确地说,它们也是一种美妙的归类方式。嘿!伙计们,你们懂不懂我说这话的意思?"

"很有逻辑啊,我们尊敬的女教师!"卢卡斯又开始咯咯地笑了。

"一会儿我们说 1 是非常优秀的成绩;一会儿我们又说它是差得不能再差的成绩。而我可以这样假设,其余那些数字,不出意外的话,也应该有类似的情况。可以确定的是,它们一定能够包含很多意思。这样说,您满意吗,我尊敬的女教师?"

她低声嘀咕着作为回应。由于她不戴牙箍,所以吐字非常清晰:"你这个傻傻的家伙,数字是不带任何感情色彩的,它们只是被发明出来的东西。长久以来,这一点没有改变过。不过,既然你已经把事情说得这么好玩了,我还想问一些更好笑的事。你见过数字 13 自己号啕大哭吗?它不是被认为不吉利吗?"

卢卡斯将如何应答这样的问题?他冲着丽莎做鬼脸,还想扯扯丽莎的辫子。他真的这么干了!

终于,教授先生准备插手管一管。我们也闹得够久了。

"你们干吗要吵成这样?再这样下去我可不能忍!"教授这么说着,从喷泉的边缘跳了下来。很不幸的是,他不小心

踩到了莱卡的尾巴。不出所料，莱卡痛苦地大叫起来，不一会儿西莉娅也呜咽着哭闹起来。这两个家伙就这样绕着圈子你追我逃，一会儿是莱卡的吠叫声，一会儿又是西莉娅惊恐的大喊声。

"教授把莱卡踩坏了！"

"别再闹了，尿不湿小矮人！"丽莎是冲着西莉娅喊的。

"是什么被我踩到了吗？小狗没受伤吧？"教授大声喊了起来，并且为了确认这一点，又摸了摸莱卡的尾巴。

"当然是好的，"卢卡斯咯咯地笑了，"显然完好无损，因为它又可以摇来晃去了。"

"你们要不要来一块饼干？"蒂姆问道，并在他的背包里翻来翻去。他摸出一块饼干，分给了西莉娅和莱卡——他自己当然也留了一块。这下总算将这场惊恐安抚过去了，教授先生，现在请放松吧。

"我们好像偏离主题了。"教授叹了口气说，并且抚摸着他的秃脑袋，"多么可惜呀，我很喜欢聆听你们的讨论呢。要不从头开始我们的数学课？对，就是那些关于数字的问题。事实上，它们已经有将近两千五百岁了——多谢丽莎给我们提供的信息……它们的历史的确非常久远，我们应该可以得出这样的结论。那么，它们究竟是如何产生的呢？而且最重要的是，它们是为了什么而被发明出来的？之后我会慢慢告诉你们这一切的，明白了？到现在为止，我觉得丽莎都说得很有道理，所以拜托大家，不要只是因为她小小的脑袋里，处理外界信息的脑灰质比别人的运转快一些，就总是令她为难。

"数字就是某种形式的统一，也就是说，它们是为人理解事物而服务的。所以，不管是数字，还是完整意义上的数学，都是没有国界的。无论是在欧洲，还是在美国或者中国，都是一样的。就算到了我们完全不知道名字的偏僻地方，人

们也是这样计算的，所用的数字看起来并无不同。也许在数字7的写法上，会多或少一条横杠，而数字9的尾巴不一定很竖直，但这些小小的区别无关紧要，在全世界都可以辨认。所以，数学可以算是真正国际性的、通行无阻的符号。这一点难道不吸引人吗？"

好了，我们发觉他又开始让思维天马行空了，我们太熟悉我们的教授了。教授说着就绕着那口泉水跑开了，同时晃动着自己的手臂。我们当然跟在他身后一起跑，因为不想错过有意思的东西。而西莉娅和莱卡则在一旁乱跑，对他们而言，这种"乱跑"已经算表现不错。

"请你们设想一下，我亲爱的朋友们，"教授这样说，"就算是我，也说不出世界上共有多少种语言，一个地方的人与其他地方的人因为语言不同，是没法沟通的。但是，让我们举出另一个例子吧。假如我将一封写着数学公式的信，寄往远在美国的教授，那么他收到后，一定会立即理解其中的意思，然后回寄给我一份解答方案；我读了之后，也立即能懂得他所说的一切。我绝对不需要打开某本词典，一个接着一个地翻查单词的意思，这难道不是一桩很酷的事情吗？"

对！我们大家都在点头，除了——教授并没有看到或听到蒂姆同学在上气不接下气地跑步时，还在嘟哝个不停："我还不如将数学作业寄到美国去呢，反正这里谁也不帮我……"

这句话我们都听到了，所以都咯咯地偷笑着，不过教授好像还沉浸在自己的世界里呢。突然，他停住了脚步，并深深吸了一口气，说道："我亲爱的孩子呀，让我告诉你们一些事情，数字真正的非凡之处其实在于数字本身包含的意义！"

这一次他终于看见了我们的点头。是的，教授，这一点我们已经理解了。因为除了代表数量之外，确实还包含很多别的意思。

"行！"教授摸了摸自己的脑门，接着说："接下来，我希望能有一只小精灵，可以满足我的一个心愿。听好了！你们现在就上路，询问每一个遇到的人——他们最喜欢的数字是什么。注意，还得问清楚为什么他们会偏爱那个数字。大家都理解了吗？那就开始行动吧。"

哎哟，没想到这位大教授竟然还有一个需要我们来实现的愿望！听起来真是好新鲜。

第二章　他希望成为一个幸运数字

"好的，让我们开始吧。抬起你们的小屁股，给我一头扎进人群里去吧！"教授这样说着，又一次坐到了最后一只鹅的身后。也难怪了，他现在必须照看西莉娅和莱卡，这一点他心里有数。

可是教授啊，抬起我们的屁股是很容易——大家不都已经站着了吗？但是一头扎入人群之中，并且大胆地询问那些陌生人，实在有些难度。这样的事我们还从来没有做过呢！我们四下环顾着，是应该一起行动，还是一个个地单独行动呢？最后，还是丽莎替我们解决了这个问题。

"西莉娅，尿不湿小矮人，你给我赶快过来，马上！"她这么喊着，并从背包中真的翻出了一卷尿不湿，想替西莉娅缠上。

西莉娅奔了过来，愤怒地喊道："我不是什么尿不湿小矮人！我是一个小小孩！"

"太对了！那是因为你现在就是一个很小的小屁孩！"接着，丽莎就贴在西莉娅的耳边嘀咕着什么，总之是非常长的一段话。

虽然我们无法听到她到底说了什么，可是我们已经能够看到效果了。多有办法的丽莎呀，这个穿着尿不湿的小矮人走进了人群，还有一条小狗跟在她的身后。

西莉娅不会是想去……噢！她真的要去这样提问吗？

我们伸长了脖子，而教授先生也一样，丽莎甚至干脆爬上了水池的边缘。姐妹毕竟是姐妹。

西莉娅蹦蹦跳跳地跑到了一位年轻女士的身边，拽了一下她的毛衣。她们在那边站了一会儿，西莉娅说了一些话，而那位年轻的女士像是回答了什么。紧接着，我们似乎看见女士将一些东西塞进了西莉娅的手里。然后，西莉娅又蹦蹦跳跳地来到一位穿着夹克衫的年长男士面前，并拽了拽他的夹克衫。他停下脚步，于是又发生了同样的事情：西莉娅问了一些话，而男士也回答了，同样将一些东西塞到了她的手里。最后，西莉娅又拽住了一位胖女士的大衣。当然，她也停下了脚步，西莉娅又说了几句话，而那位女士也回答了几句，并且再次朝西莉娅的手里塞进了一些东西。是的，我们

这才明白,调查似乎跑偏了主题。

可是,为什么教授还在咯咯笑个不停呢?

"西莉娅呀,快回来吧。"丽莎喊道。西莉娅跑了回来,当然追随着她的还有小狗莱卡。

西莉娅看起来的确是挺高兴的,并迫不及待地展示了她新收获的宝贝:一块口香糖、一块润喉糖和一只小苹果。"数字3!"她很骄傲地说,"我是这样对他们说的:你们可以给我一个1吗?可是我竟然获得了三个东西,你们看,这是多好的事情呀!"

啊,西莉娅,真拿你没办法!丽莎盼咐你做的事情,你都忘记了——除了数字1之外。对于这样一个糊涂鬼来说,我们也没办法!丽莎快过来,你还必须去表扬西莉娅几句呢。不过教授已经这么做了。你看,西莉娅正在他的膝盖上玩骑马的游戏。为了"公平交易",教授还获得了一块润喉糖呢。如果要西莉娅给出那块口香糖呢?那是不可能的,她会自己留着,而苹果呢,应该归丽莎,毕竟她俩是好姐妹。

但这意味着,我们这些大孩子得亲自参与问卷调查了。西莉娅能够做的事情,我们也应该会做,而且能比她做得更好。教授对我们很有信心,他不会帮忙的。我们一窝蜂地跑到了街上。

时间不长,我们就有了下面的结果。

一位中年女士告诉我,她最喜欢的数字是8。

为什么呢?

因为她八岁的时候是个超级完美的孩子。照她所说,所有八岁孩子都挺完美的,不是吗?她很懂这一点,因为她是一名女教师。原来如此!

一位留着胡须的年长男士在丽莎那边给出了答案。他说自己最喜欢的数字是12。

为什么呢?

因为一年里有十二个月份,在《圣经》里有十二位门徒,亚瑟王的圆桌旁又出现了十二位圆桌骑士。另外,我们每一个人在肚子里都有十二指肠①。嗯,他说自己刚刚从医生那里回来,那个医生认为这些肠的健康状态都不错。

接着接受调查的是一个矮胖的男人。他戴着眼镜,系着领带。蒂姆得到了答案,原来这个男人最喜欢的数字是7。

为什么呢?

因为一周有七天,《圣经》里说到了七宗罪,世界上也有七大建筑奇迹。此外,每一个人的头颅都由七块颅骨组成②。看得出,蒂姆确实在试着复述每一句话。他做到了,而且说得很对!

现在看看卢卡斯那边。他采访的是一位穿宽松牛仔裤的

---

① 人体的十二指肠长约30 cm,大概12根指头宽。
② 一块额骨、一块枕骨、一块蝶骨、两块顶部和两块颞骨,共七块。

8
12
7
13

消瘦年轻人。这个人给出的钟爱数字是 13！

为什么呢？

竟然是因为没人会说这个数字，就是因为这个啦。不管卢卡斯事后有没有承认，但他那蠢笨的刨根问底可能招人烦了。

当我们将所有信息都陈述给教授听的时候，他仍旧被西莉娅和莱卡两个小家伙围着团团转。

他细心聆听着我们所说的每一句话，时而微笑，时而点头。而卢卡斯呢？一如既往地仰着他那神气的脑袋，像是不太服气的样子。

"现在让我们做个总结吧，"教授说，"哎呀，我的腿都不听使唤了，谁能帮帮我，将爬上我膝盖的小殷勤们弄开一点呀？"

让我们来吧，教授。卢卡斯一把拉起西莉娅，并让她骑在了自己的肩膀上。我则拉住了莱卡，最近它真的变重了不少。蒂姆拿起了他"神圣"的背包。至于总结呢？一定是交给丽莎负责的。除了她还能是谁呢？

丽莎说："对我而言，问卷调查得出的结论是每个人偏好的数字天差地别！对，就如同人跟人之间各不相同。但是每个人都可以给出各自的理由。我认为这很有趣！"她接着说，"不过，卢卡斯采访的那个奇怪男人除外，我是说，那人排除在我说的范围外。"

是的，丽莎，我也这么觉得。

不过卢卡斯在咯咯地偷笑，露出了他闪闪发光的牙套："没什么好大惊小怪的，丽莎！现在我想这个家伙没准已经摔了一大跤，谁让他喜欢最倒霉的数字呢。嗷嗷嗷！"

这又是怎么回事？你是在为那个家伙"嗷嗷嗷"，还是为你自己？

原来，卢卡斯扯起了自己的头发，上面竟然粘着一团白色的东西。是西莉娅的口香糖！毫无疑问，这正是西莉娅骑在他的肩膀上时给偷偷粘上去的。这个尿不湿小矮人顿时觉得心虚，躲到了她姐姐那儿。姐妹毕竟是姐妹，即便是在"患难"的时候。

"现在我就要进行阶段性的总结了。"教授这么说道，摇晃起自己的腿和手臂，并擦净了自己的眼镜，"我们现在知道了，数字不仅能作数字符号，也能包含各种各样的意义。对了，假如我反复唠叨一件事的话，请你们阻止我。哦，对了，我到底有没有向你们解释过'数字符号'概念？"

并没有呢，所以，现在请解释吧。或者，我们可以先试一试？

没错，假如丽莎带来了她的百科全书，或者蒂姆能够回家查一下他爸爸的电脑，一切就会容易许多。

"我会提示几句的，"教授说着，在自己的胡子上挠了挠，"你们都是很聪明的小机灵鬼，给出几个关键词就可以了，我知道的！"

　　好吧，教授，既然你这么认为的话。

　　"在字母和单词之间的差别，恰恰有点类似——数字符号和数字之间的区别。"

　　真的吗？是不是有人已经懂了？

　　丽莎，大概只能是丽莎！但是她正咬着自己的马尾辫，所以还没有人有进展。

　　而蒂姆此刻低声地嘟哝道："这题目必须靠自己完成。"这个家伙，此刻一定又想到了自己数学作业本里关于小猪的思考题。

　　"是的，蒂姆，必须独立思考。"教授叹着气说道，一边眨眨眼睛示意，"现在你们好好听着，一个单词是由多个字母组合而成的。你们已经很熟悉了，在字母和单词之间存在着显而易见的差异。所以……"

　　"数字符号，就像是字母，当它们拼在一起的时候，我们就有了数字！"丽莎立即接着说，紧接着皱起了眉头。一定还有些别的不同。

　　啊，我明白了！是的，一定是这样的！数字符号就是从0到9的数字，和字母一样是单个的，不过当它们被拼合到一起时……

　　"就有了长的或者短的数字，换句话说，数字符号就是'数字表'里的那些'字母'。"

"这一点，已经在数字 10 上发生了。"卢卡斯打断了她，然后身子动来动去地说，"在此之前，我的意思是，从 1 到 9 这些成员应该会很满意才对，因为它们各自都获得了两个名字：数字和数字符号！我理解得真棒，对不对？你还需要多补充一个例子吗，我的教授先生？"

"接着说吧，我的朋友，接着说。"他这么回应。然而，正当卢卡斯要给出新的例子的时候，丽莎却叽叽喳喳地打断了他。是不是卢卡斯刚才的插话让她觉得生气？

"例如，数字 2015 就是由数字 2、0、1 和 5 四个数字符号构成的，你可以省省你的例子了，卢卡斯！"

"哦哟，这么说来，我的解释也能省下了。"教授先生一边说着，一边抓起了他的背包。但是丽莎还没有说完。

"卢卡斯，数字是没有'字母表'的，只有字母才有'字母表'。你本应该知道这一点的。"

"一个多么小心眼的人啊！"卢卡斯嘟囔道。

"丽莎，我很遗憾，卢卡斯这回说得对。我说得对吗，教授先生？"不过教授好像什么都没有听到，或者，他只是故意忽略了我们。他正在四下张望着。

"现在那些小矮人跑到哪里去了，我是不是应该担心一下？"

不必担心这一点，教授先生，你只需擦干净自己的眼镜就能看到他们还在这儿，正蹲在泉沿边，就在放鹅女伊丽莎白的雕像跟前,并且同时在……哦,不!不要这样!西莉娅,莱卡,不要爬到水池里去!洗澡盆里的小鸭子现在需要被逮回来,它们最好还是躺回背包里去!反正阶段性的总结已经说完,不如让我们更进一步吧。不过现在应该朝着哪儿"更进一步"呢?教授先生?

"抓住小矮人,背好你们的背包,迈开腿。"教授大声喊,"现在让我们去访问真正的数学吧!"

真的吗?太让人激动了。但是这时我想到了一个之前好像完全忘记的问题。"教授先生,假如允许你变成一个数字的话,你会选择哪一个数字?"

他神秘地笑了笑,并且朝着我眨眨眼:"我要变成一个幸运数字!"

噢,是的,多好的回答呀!我也是这样希望的!

第三章　教授又开始天马行空了，
　　　　只不过很短暂

我们几个紧挨在一起开始步行，有时也会一个跟在另一个的身后。我们出行的准则是"时刻在一起"，教授先生就是这么说的，因为在街上人来人往的人群中是挺容易走失的！教授先生绝对不希望得时不时地为我们担心这个担心那个呢。

他的形容倒很有意思："我可不愿意出门带上一大袋子的小跳蚤呢！你们这些小跳蚤。"说着，教授将莱卡系在了皮绳上，并将西莉娅牵在了手里。"这就是一个好例子，当然我能直截了当地表达我的意思，可你瞧，'带上一大袋子的小跳蚤'这句话同样也能让别人理解，而且听起来更风趣，对不对？现在明白了我的意思？"

懂了！假如要比赛讲关于数数的笑话，我们也不差！

"例如，数雨滴的大傻瓜，或者，将足球场上所有的草都数一遍，再或者，计算天上所有的云和世界上所有炸土豆片的数量，教授你看，这些嘲笑傻瓜的谚语是不是都和数学有关呢？"

"你们聪明的小脑袋反应可真够快。"教授大笑了起来，并在一盏红绿灯前停住了脚步。可是莱卡好像没有停下的意思……好险啊，幸亏这根绳子系得够短。西莉娅？她可不需要我们担心，她已经认识红灯很久了！

我们所有人现在已经懂得了，不管是可数还是不可数的东西——都和数字有关。教授本就想听听我们的观点，现在如愿以偿了。

但是，假如我们大家就此认为已经理解了数学的话，显然是弄错了。教授先生提到这些好笑的谚语，只是因为他是一个有智慧的人，能够利用周围的一切，将知识塞到我们的小脑袋里，再或者就像挠痒痒一样激发出我们脑袋里的东西。

交通信号灯已经变绿了，我们继续前进。这儿的人群开始变得稀少了，我们越往前走，房屋也越矮了，而且看起来非常古老。直到我们来到了一个几乎没有汽车驶过的地方，教授先生停住了。他转身朝向我们——并不是为了清点他的

"跳蚤"一共有几个,他不但没有注意到系在皮绳上的莱卡正在不断地拉扯他,也没有注意到他手里牵着的西莉娅正在不停地哭闹。那是因为,他的眼镜镜片正在闪光,意味着他脑袋里的那匹马又要脱缰狂奔了——就如同我们经常观察到的那样。每次他要给我们讲述一些他突然想到的精彩内容时都会这样,我们已经很熟悉这一点了。

走到马路中间的时候,教授说话了。

"现在我们已经学习了如何在日常熟悉的事物间寻找数学,正如我之前向你们保证过的那样。在童话泉那里的时候,我们对关于数字的词语、数字的多种含义和它们的多种功能感到惊奇。简而言之,这才刚刚从'数字符号'进入了数学,虽然这很有趣,可是……"突然他将手臂挥舞得高高的。

他放开了皮绳,也放开了牵住了西莉娅的手:"那么数学到底是用来做什么的呢?数学涉及数字、形状、空间和数量等,当然也会涉及各式各样的几何形状或图形。还有数学等式、算数口诀什么的,特别是自然数的那些定理……"

他补充道:"对!自然数就是从数字1、2、3、4,一直延伸到更多,这些都是我们常说的自然数,只因为它们看起来是那么自然——自然得就如同我们所吃的有机蔬菜那样。我们大家都认识有机蔬菜吧。噢,我只是打一个比方,它们毕竟吃起来都很美味。

"还缺什么呢？对，三角函数得计算角度，力学计算物体的运动和平衡，这些其实也是物理学的一部分。总之，它们的历史大约有二千五百多年了。不过请注意，它们当然并非同时诞生，而是有先有后一个接一个地产生，并逐渐获得了专有的名字，至今仍在使用。"他擦拭着他的镜片，然后愣愣

地注视着虚空。

他接着将下面的话语认真地倾吐了出来：

"所以我们已经知道，数学的开始极为简单，这很好理解，它就发生在生活中，因人们的需要而产生。当人们发觉其中的合理性和说服力不可或缺时，数学这门学问也就越来越精细和复杂。它不再只计算火石数量或者洞穴人数量，我们有更多需要它的地方。事实上，它的其他用途简直说不完！哎呀，我是不是又在给你们的脑袋里灌输难度过高的东西了？"

他瞧着我们，但他只看到了我和蒂姆。其他人呢？此时丽莎正在将西莉娅从一段小围墙上拽下来，而卢卡斯也追在莱卡的屁股后面跑着呢。幸运的是他最终抓住了绳子。蒂姆则在他的背包里捣鼓着什么，不出意外的话，应该是在翻找他的一块饼干吧。而我觉得，教授呀，你讲述得相当棒。虽然这里有许多完全陌生的词句，听起来却相当有趣！不过显然，我们没法将它们全记在脑子里。我认为，你最好还是再一次收住你脑袋里的那根缰绳吧。你的思想总是天马行空，不受控制，而我们显然跟不上这么快的步伐。

只见教授又挠了挠他的胡子，然后擦拭着镜片，嘟囔着："唉，是不是对孩子们要求过高了呢？"

哪里的话！教授，只是别在这个时候说。现在我们还在大街上站着，身边有一个哭闹成一团的西莉娅和一条会到处乱窜的小莱卡呢。

是你的错，教授，是你放了手，让他们撒欢儿跑掉啦！

"Mea culpa！"教授捶胸叹息道，"'我的错'用拉丁语就是这么说的！你们至少能记住这个吧？这个句子时常冷不丁从家长或者老师的嘴里吐出来。我也不例外，经常这么说……总之，现在是不是所有人都跟上我了？

"我想说的话其实并没有说完，还有一些和自然数有关的知识，我不会再让我的思想信马由缰了——我发誓！"

好吧，希望他遵守誓言，他的眼镜镜片再一次闪闪发光了。

"你们现在已经知道了什么是自然数：1、2、3以及更多。于是，疯狂的念头开始了。我们可以一直无穷无尽地数下去了，三天三夜大概都数不完，因为只需加1，就可以有一个新的自然数，这是千真万确的法则！例如，数字2比1大1，3则比2大1，4又比3大1，以此类推，很有规律。之后又过了很久，人们再一次发现4正好是2的两倍大。那么我们就可以这么说：数字4是2的两倍，或者换一种说法——2乘以2得到4。

"你瞧！我们不知不觉地学习了乘法。这些数字会被翻倍。当然，你也可以这么数数：1，2，3，4；或者换另一种思维方法：先有一个2，然后再加一个2。总之，我们都得到

了 4，可是我总觉得这样思考比较费时。

"再问一句：在一个 4 里究竟有几个 2 呢？两个！在一个 6 里又有几个 2 呢？有三个！这种对数字能翻倍的发现，听上去是不是格外厉害呢？

"也就是说，我们并不一定要费力地去思索：一个 2 加上一个 2，再加上一个 2，才能得到期望中的数字 6。不，确实不需要这么做，而是直接将 3 乘以 2，然后扑通一下子——6 蹦了出来。一眨眼的工夫，毫不费力，是不是相当棒呢？

"好吧，这些对你们而言难度过高了吗？"

但是，还没等到我们的回答，他就继续讲下去了。

"所以你们应该也意识到了另一件事：自然数里存在偶数，也存在奇数。所谓的偶数，就是我们可以通过以 2 为单位来对它们进行分割——这其实也就是除法，正是我们接下来会说到的东西。伙计们，现在我们已经掌握了加法——就是 1 加 1 等于 2 的那种——没错，又有了一种 2 乘以 2 等于 4 的办法。对，它的名字是乘法！

"反过来讲，将数字 4 分成两份，我们重新得到了 2。这便是除法。好吧，我们当然也可以去掉一些数字。例如，以 4 为例，我们可以去掉一个 2，然后还剩下了什么？也是一个 2。所以我们在削减数字的大小，这被称为减法。那太容易了，是小朋友都能懂的知识。不过，我想再对你们提出一些更高的要求。这些数学计算你们已经很熟悉了，可是请你们好好想想，它们到底是如何诞生的？它们当然不可能是平白无故、从天而降的！"

啊呀，你的天马行空又来了，教授！前面说的我们已经能够记牢，是因为之前我们已听说过，只是知道得不够详尽罢了。

假如你不介意的话，我们是否可以再次启程，继续数学之旅呢？你瞧，卢卡斯和莱卡两个家伙已经蠢蠢欲动了哟！你瞧，丽莎和她的小妹妹争吵了起来呢。西莉娅想要玩耍，要么听童话，要么去唱歌，或者回到童话泉，带小鸭子去游泳。她可不喜欢做"待在大街上"这种弄不明白的事情。

这番情形教授已经看在眼里了，于是喊出了一句"请所有人都跟上我！"，就立即继续我们的数学旅程。我们大伙紧随他朝前走着，拐过了一个又一个街角，最终在一栋模样小小的却有着大房门的屋子前停了下来。只见门上悬挂着一块木牌，上面写着"木匠马克西"。

哇，这位木匠师傅的名字真有趣[①]！原来这位就是我们现在需要拜访与学习的人！真新鲜，大家可从来没有拜访过一位木匠先生呢！希望我们不要打搅到他的工作了。

---

① "马克西"在德语里的意思就是多倍。

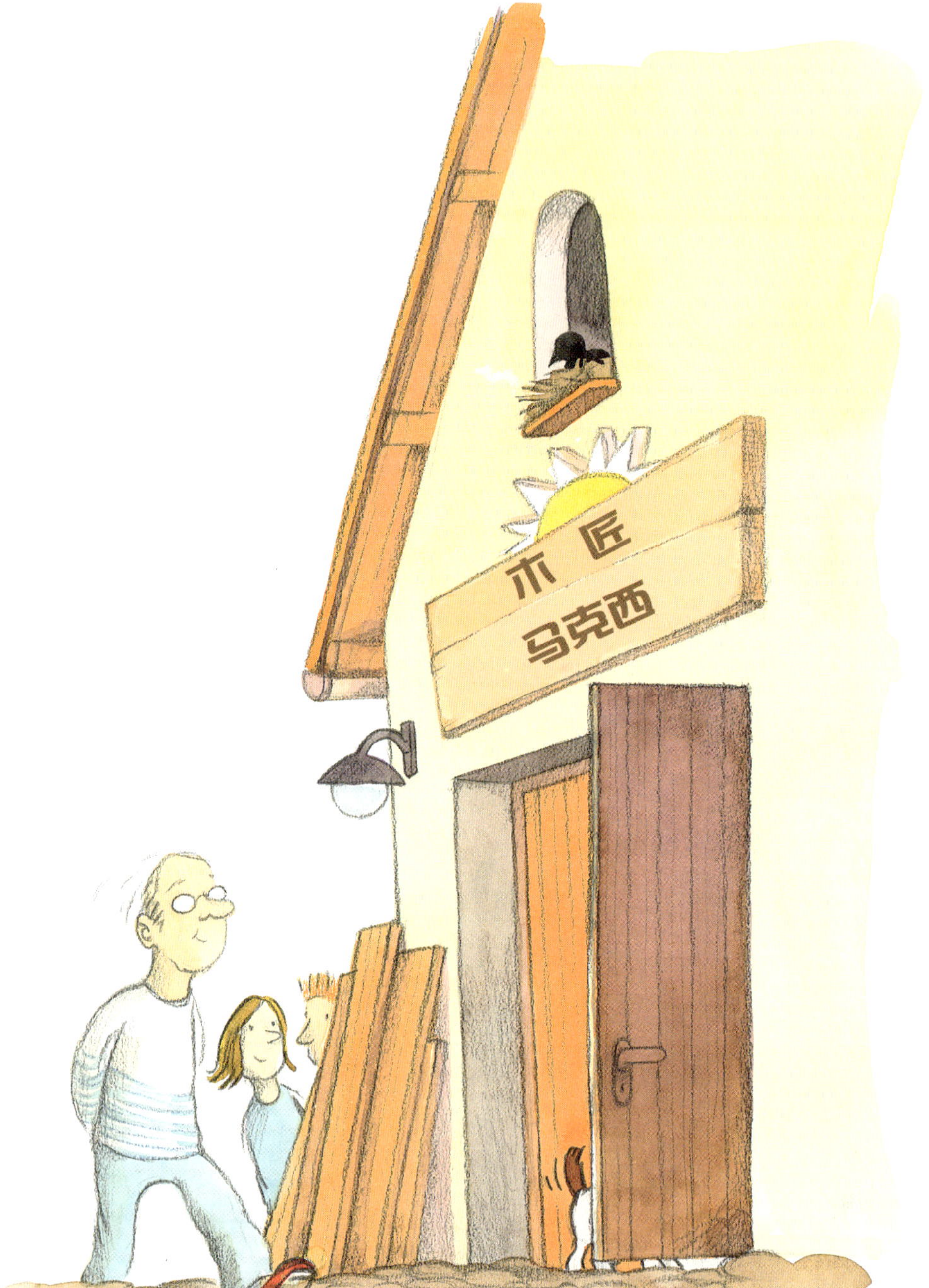
木匠
乌克西

第四章 "测量，然后造出它！"

噢，我们并没有打扰到木匠先生。因为他不在这儿！教授先生径直走了进去，而我们跟在他的身后。里面的气味闻起来还真不错呢！我从来没有意识到，木头也可以这样好闻。

只见在一个很大的房间里，到处都堆着各种形状的木材——有长的或短的木头、四边形或者圆形的木板。除此以外就是木屑了——这里，那里，到处都是木屑，有些是纯粹的木屑，有些则掺杂着很小的小木块。我还看见墙壁上悬挂着木工制作时所需要的各式工具，依次排列得非常整齐，有折尺、钻头、锯子以及其他一些我不认识的东西。在书架里摆着一堆纸，旁边立着一些罐子，里面装着油漆——还插着大大的油漆刷；其中一个罐子里满满地装着木工铅笔。

屋子中央摆放着一条很长而且很厚的桌子，不过很显然，它并不是用来吃饭的桌子，这是一张名副其实的"木工刨台"。也就是说，在这条名为"木工刨台"的长桌子上，你可以做木工！我还是举例子说明吧，在这上面，你能做出椅子、桌子、长凳或者其他你想要的东西。

但是问题来了，数学又藏在了哪儿呢？还有，应该把它们指给我们看的木匠先生，这会儿又跑去哪儿了？关于"寻找数学"这一点，教授先生可是早就答应了我们的呢！不过先得留神另一些事。我们的西莉娅和莱卡去哪儿了？我马上知道了，他们肯定藏在房间的哪个角落里。对，没错，就是在堆放木屑的地方，那儿还掺杂着小木块呢！

只见莱卡已经在那儿挖好了很深的洞，西莉娅则很"配合"地让木屑落到了自己和莱卡的身上。我的天，教授先生，你就眼睁睁地放任这些事继续下去吗？

此时，突然从后门传来了一声："哈罗，你们好呀！"啊，我们大家都弄错了，这里的主人并不是什么木匠先生，而是一位木匠女士。她的木匠工作裤上沾满了油漆斑点。她鲜红而蓬乱的头发上，露出一支架在耳朵上的粗铅笔。此刻她正朝着我们微笑呢。见到西莉娅和莱卡那两个正在木屑堆里欢闹的家伙，她仿佛笑得更加起劲了。

"太棒了。看来我的访客已经在这里找到他们的'感觉'

咯！对了，我可以帮你们什么忙吗？为你们的爸爸做一张舒服的沙发椅？还是为那边打闹的小家伙做一个漂亮的大笼子呢？"她一面说，一面笑得更欢了，而我们也笑个不停。可见，这位木匠女士的个性实在如同她的名字"马克西"一样有趣。

至于那个做只大笼子的主意，丽莎眯着眼频频点头，笑个不停。更让我们觉得滑稽的是，教授先生此刻成了我们的"爸爸"。难道她真这样认为的？这句话一定会让教授觉得很尴尬吧？

不过也奇怪，教授看起来并不太尴尬。他只是朝我们眨眼示意，并且龇牙一笑。显然他很懂，这是一场游戏，他十分享受"爸爸"这个角色。是的，不管怎么说，发生这种事令我也觉得好玩极了。

还没等我们准备好，这位"爸爸"已经进入了自己的角色。

"我的……嗯嗯嗯……孩子们……"他清清嗓子，"已经吵了我好几天，因为……马克西女士，他们……希望从您这儿问到一些特别的东西。好了，现在可以张开你们的乌鸦嘴了，我的小乌鸦们！可不要给你们的爸爸丢脸噢！"

啊，拜托，我们笑得喘不过气了。但最终，丽莎率先停住了笑声，开始说正题："其实我们今天正在寻找日常生活中的数学。那是某种可以真实地拿来使用的'数学'，关于这一

点,我们的爸爸已经一而再、再而三地向我们唠叨过了。"

当然,她终于又忍不住大笑起来。我们也一样。马克西女士会很吃惊吧,不过,她并未表现出很吃惊的模样,只是和我们一起笑着。而且我看见她朝着教授先生眨了眨眼,然后问道:"你们的爸爸真是一个聪慧的人啊,他是教师吗?"

我们摇摇头,而教授在点头,这场面真滑稽。

"好吧。那我们就开始吧。"马克西一面喊道,一面朝着我们招手示意,让大家聚拢过去。她没有招呼我们的"教授爸爸"一同过去,所以他现在连一句话也不说了。

只听见马克西女士这么说道:"例如,制作一张桌子,这属于我的本职工作。这样一件东西看起来应该是什么样的,每个人都很清楚。而且,每个人都会觉得那没什么难度——应该说是超级简单:锯出四条腿,安上一张木板,最后上漆,不就完成了?是的,仿佛这一切就这么简单!可是你们想,如果蠢蠢的马克西就这么简单而粗糙地糊弄过关的话,她的顾客肯定跑光了!"

很显然,假如随随便便做出一张桌子,它很可能是斜的,一旦买回家,兴许还会撞疼顾客们的脚呢!

"你们领会了,真棒!"马克西女士这么喊道。她说着将铅笔从她的鬓发间抽了出来,另一只手抓来了一页纸:"倘若你们想要建造一些东西的话,事先必须计算。不然的话,它一

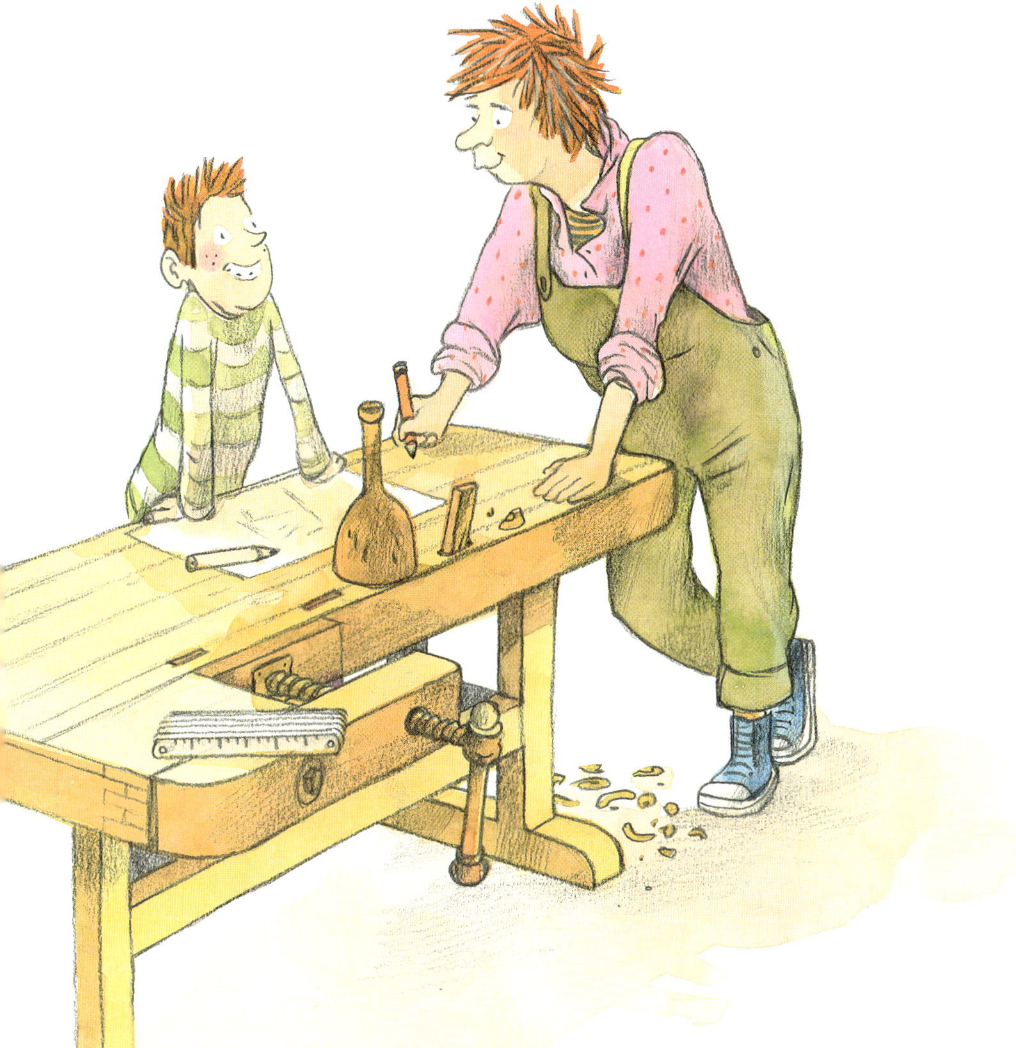

定会立不稳的——哎,那就是名副其实 的'蹩脚货'咯!"

"对了!我这儿也有一些需要计算的东西。要是我算不来,就一定会出错——在我的爸爸那里,起码过不了关。"蒂姆一面嘟哝着,一面抽出了他背包中的那本练习册念道:"一头小猪想要用稻草造屋子……"

"拜托,不要!"我们大家几乎是在齐声吼道。甚至连我们的临时"爸爸"——不是真的爸爸,也没忍住。

没想到马克西女士听了后说:"什么?一栋用稻草做的房子?听起来蛮有创意的嘛!"马克西女士一面说,一面想将本子拿到手里,可是那个心里备感受伤的蒂姆呀,早已将本子塞回了背包。所以马克西女士只能耸耸肩,说道:

"有创意的东西总让我产生兴趣。但现在还是回到关于数学的话题上来吧。你们想想,你们的马克西接下来要做什么呢?她要在一张纸上画出草图,这样她就能知道这张桌子得做成什么模样的。而她具体是如何做的呢?首先她要考虑桌子应该有多高。通常是 80 厘米的高度。而桌面宽度呢?让我们做个简单些的吧,就做个边长为 60 厘米的正方形。厘米、米、正方形——这些词语,对于在我身后翻刨着的'小老鼠'而言也很熟悉,对吗?"

"没错,你可以继续说下去了,他们也熟悉这些词。"我说。

"太棒了!"马克西女士一面说着,一面拿着纸摇了摇,

"现在请开动脑筋,我们的马克西究竟应该如何从这么小的一张纸片上,获知一张桌子的真实尺寸呢?"

"等比缩小!"教授在后面嘟哝着。不,应该是——我们的"爸爸"终于发话了。

"哎呀,我们这儿可不准偷偷提示!"马克西喊完,龇着牙笑了,"没错,将原始尺寸等比缩小。瞧,这就是那张桌子,在纸上它显得格外小。谁想来试一试呢?"

说着,她环顾我们,并将手中的铅笔晃了一下。这支铅笔被卢卡斯一把抓住了。这家伙!看来他不只是两条腿不肯安静,脑袋里仿佛也从来都不休息呢。既然他已经自告奋勇,我多少有了点丢脸的感觉。我认为丽莎应该也会有同样的感觉。蒂姆呢?他更容易受伤。

"折尺拿来!"卢卡斯竟然发号施令。

马克西笑着递给他一把儿童用的折尺,但那句"谢谢"她可等了好久。我们太熟悉我们的卢卡斯了,他的牙箍缝里,一连串的嘟哝声又开始了:

"假如说这张桌子有80厘米高的话……那么桌子腿就按80厘米做吧,对,很有逻辑……那我直接将它缩小成8厘米好了……现在,我已经量出了8厘米的长度。然后我为桌子画出每条这么长的桌子腿。就是这样!

"继续……60厘米的正方形,干脆画出四条长度为6厘米的直线,将它们作为边长。我现在就是这么做的……瞧,

我把它们画在四条腿上，这就是桌面。好的！最后的步骤就是上油漆。设计完成！

"现在嘛，我把我超级棒的草图里的每一段长度乘以十，就计算出了十倍高的桌子和同样放大后的桌面。之后，我开始咯吱咯吱地锯起了需要使用的木板，并且，嘭嘭嘭，我用榔头敲着小钉子，将它们钉到一起！虽然它并没有真正地出现在我们的面前，但是……我这个考生可以获得一百分！对不对？"

"没错……以及，我这里就有了一个小小学徒工！"马克西喊道，并且捶了捶卢卡斯的肩膀，"不过，只有在结束了学校的课程，并将每一门数学知识都掌握了之后，我才可以聘用你呢！"

卢卡斯咯咯地笑了，往回捶了一拳："啊，真倒霉，看来我还是当足球运动员吧。不过你也可以问一问丽莎肯不肯，我告诉你，她可是一个机灵鬼。"

正当丽莎想要抗议——她心里一直希望成为一名女教授，那是她惦记已久的念头——我们的"爸爸教授"从身后掺和了进来：

"在这里，卢卡斯使用了十进制，真不错，嗯。"他接着说道，"话说，这种计数方法最早是在古埃及出现的。很久以前，古埃及人就已经能够有序地计数，例如从 1 数到 10——不过这些东西，就算我们的尿不湿小矮人西莉娅，我猜也难不倒她呢。"

拜托！她就算了吧。即便她已经不是尿不湿小矮人，而是一个几岁大的"小屁孩"，但我们还是非常肯定，算术对她而言太难了；我们猜测，"教授爸爸"应该也明白这一点，但是没有说出来。唉哟，西莉娅呢，完全没有听我们在讲的事情。她只是自顾自地捡起那些小木块，歪歪斜斜地搭出一座又一座的小塔，而小狗莱卡则用嘴巴把小塔推倒了。这两个家伙正心满意足地在角落里玩耍。

我们的"爸爸"还想继续说什么。他的双手高高举起，并刻意将手指张开得大大的。他竟然是那样认真地盯着自己的手指看：

"好了，请看这10根手指。一共有10根，非常对！有了它们，人就可以不费力地数数了，不是吗？1根手指加1根手指就是2根手指！再继续下去的话，以此类推。对不对？

"这10根手指我们都有，这就形成了最简单的一套计数系统。如同刚才说过的那样，在古埃及，人们第一次想到用10根手指来计数。但是更多的数字，例如将它们乘以两倍或者三倍、四倍乃至更多倍，都只能在脑子中想出来，不然就得写在纸上——因为没有人长着20根手指。当然据我所知，动物们也不会长着20根手指。"

"不对，你说错啦。千足虫就有很多手指！"卢卡斯马上表示不服。这个家伙是不是又希望获得一句赞扬呀？但这次，恐怕非但没有表扬，还遭到了来自他那位好队友蒂姆的反驳。

"你是傻了吗？千足虫的根本不能算是手，而是它的脚呀。所以，哪来的手指？我的爸爸已经告诉过我，动物总归是学不会数数的，我也十分同意这一点！"

天呐，蒂姆你这个捣乱鬼，现在又说到你的爸爸了，我们的"爸爸"不就站在眼前吗——起码，木匠马克西是这样以为的。

我朝她的方向望了过去。只见她懒洋洋地坐在木匠刨台上，晃动着两条腿，并没有听到我们的话。或者——她只是装作没听见，只因为我们正在玩的这个"爸爸游戏"能带给她不少的乐趣？

毫无疑问，教授先生继续将"戏"演了下去。他说："我不赞同！我的儿子！"他说着也坐到了马克西的身边，"在我们的印象里，动物似乎是不会数数的——即使是那些灵长类动物或者猴子，虽然它们与我们人类长得非常相似。希望这可以让你们想起我们讨论生物进化的那次郊游！这些知识我已经给你们灌输过了。好吧，关于灵长类动物会不会数数，我倒不是很确定，可能还有待于更多的实验。我已经扯得太远了，不好意思！

"我真正想要说的是这么一个例子：假如鸭妈妈带着 6 只

小鸭子去游泳,当她突然发现身后只剩下5只时,会怎么做呢?无疑,她会变得不安与紧张。对不对?还有,当1只猫妈妈从一个不安全的地点拖回了她的4只小猫,而将第5只留在那里的时候,又会发生什么呢?显然,第二天她会再去将剩下的这只小猫拖回来的!可见,所有动物都会观察,绝对不只是猫咪或鸭子妈妈会。

"所以我们可以得出结论,关于数量的感觉,是大部分生命都有的。对,请竖起耳朵,这个词非常重要—— 我们现在得引入'数量'这个概念。因为,不管是猫咪还是鸭子,都不会数数。但是我们不一样。作为有着高等智力的人类,我们有更好的思考方式……"

"我知道!早期人类可以从一个洞穴,带着他们的火石搬到另外一个洞穴里去!"丽莎在此时打断了教授先生,并且同样地坐到了木匠刨台上,紧挨着"爸爸",说,"嗯,接着,他们应该会注意到火石的数量是不是变少了。我说得对吗?爸爸!"

显然,这种临时扮演"孩子"的游戏,让丽莎玩得非常开心。而我也注意到了,她已依偎在了"教授爸爸"的身边。好吧,我能理解,因为她那位忙碌的爸爸几乎从来不着家。

"对了,蒂姆,还有一些有趣的事呢!"我们的"爸爸"清了清嗓子,又擤了擤鼻涕,并且不知为何用他的手帕掩住了嘴,压低了声音说:

"说到你的小妹妹西莉娅,我刚把一堆小熊橡皮糖给她撒在了桌面上,这让她非常高兴。假设你取走了糖果的一半,没有让她发现——不要生气!我的孩子,我相信你是不会拿的,这只是一个假设……接着可以确定,西莉娅一定会很生气。

"道理太简单了,她会发觉缺少了很大一部分糖果呢!显然,她是没法数清楚的,也不需要数得太清楚,但是她一定有一种关于'数量'的概念或感觉——也就是糖果的数量变少了。现在你明白我的意思了吗?"

蒂姆点点头,而我也注意到,他最想说的话其实是:"那可是我的糖!她如果和我抢糖,我今天晚上就会报告给爸爸听的!"但终究,蒂姆还是忍住没有说出来。现在的他已经不再是一个捣蛋鬼了!为了表示嘉奖,卢卡斯轻柔而友好地拍了拍他的脑袋。

马克西女士在旁边正集中注意力地听着。她好像很吃惊。这一点可以从她睁大的双眼里瞧出来。

"你们的爸爸在这方面说得真是头头是道啊!"她夸赞着。万分幸运的是,蒂姆的那一句"我的爸爸也不差!"没有被她听到。

而我们的"教授爸爸"向我们使了个眼色,随即很有礼貌地问了一句:"亲爱的马克西女木匠,能否允许我继续讲述一些关于古埃及人掌握数学知识的古老故事?您的赞誉很能激励我哟！"

可是，还没有等到马克西的回答，他就已经自顾自地坐在刨台上，并说了起来。他甚至完全没有发现，卢卡斯那张草图给压皱了呢！但是我们注意到，我们那擅长天马行空思考的教授先生再一次回来了！即便是成了一位临时爸爸之后，他那喜欢天马行空的本性也没有什么改变啦！

只听见他娓娓道来：

"古埃及人所萌芽的数学知识，其实发源于某种切实的生活需要。在埃及，曾经和现在都流淌着一条著名的河流：尼罗河。显然，这条河流对人类极有用处。它可以灌溉农田，是不是很棒？但遗憾的是，它会在某一特定的时间发洪水，把农田淹没。所有庄稼都淹在水里，对收成来说，显然不是一桩好事，而是一场灾难。"

他的双手挥舞着，两条腿晃个不停，好吧，如果他真是我们的爸爸的话，人们也一定不会吃惊，因为那正好可以解释为什么卢卡斯的双腿也晃来晃去的……

"好，在这种情况下。人们必须学习计算一些东西了，比如天数、周数和月份数，而且，过了好些年头，人们也明白了，尼罗河会在每年的某一个时间点泛滥，淹没农田。这样一来，他们就能在所有的粮食被浸在水里之前，提早开始收割。想想，那会多有用！一旦计算清楚了，收成就能保全。你瞧，计算在生活中是如此必要。

"当然,洪水还会再来,新的困境又开始了。汹涌的急流会将好端端的耕地冲走,毫无怜悯之心。而洪水结束了之后,每一个农民又都希望知道,自己的耕地丢失了多大的一块面积呢?

"这时应该怎么做呢?对,农民必须重新测量耕地面积,而这就是几何学的起源。没想到吧,计算面积竟如此重要。马克西木匠已经示范过如何计算桌面的面积。而在古埃及人这里,也是类似的方式,只不过面积更大。"

"刚刚那桌子是我设计的呢!"卢卡斯小声嘀咕道。

"值得表扬，我的儿子！""教授爸爸"继续说，但这只是附带的表扬，"不过请你不要打断我，因为真正有趣的是他们计算面积的方式！你想，究竟如何在没有折尺的条件下，将土地的面积计算出来呢？今天种种可以帮助测量的工具和手段，在那个年代里都是没有的。

　　"难道只是很模糊地估测一下就完事了吗？不！那种算法实在太不精确。他们一开始可能尝试过用手掌的宽度来测量所有东西——但很快便不再采取这种方式。想象一下，人需要跪在地上爬呀爬，一只手一只手地去丈量土地的长度，未免也太蠢笨了吧。他们后来想出一种不那么辛苦的方式，就

是使用他们的小臂长度。谁明白这是什么意思……"

"是从肘部到手指尖的距离!"丽莎的回答相当迅速,"这个词已经说明了一切,但显然,这种用小臂的测量方式也没法完全精准,例如,你的小臂就比我的要长许多。而西莉娅的手臂又更短了,根本不顶用——那顶多只是一个小手臂罢了!我想,在这一点上我们是能够达成一致的,对吗,爸爸?"

终于,丽莎可以证明自己多么善于思考了,之前她一定忍受着卢卡斯的"设计桌子"带来的痛苦。

"联想得相当不错,我的女儿!"教授微笑道。丽莎看起来很高兴,我认为"我的女儿"这个称呼,让她觉得比表扬本身更受鼓舞吧!

"是的,于是人们达成了共识,以'小臂'为单位来测量土地:这块'100小臂长,100小臂宽'的土地。尽管如此,这依然不精准。'1小臂'有时长有时短,毕竟每个人的手臂长度有差异。但在当时,确实没法做到精确、统一。总之,如果要计算耕地面积,用这样的办法已经足够了。你们知道吗?古埃及人最早在生活中运用几何学的法则,就是面积的计算。这是不是很有独创性呢?"

他轻轻地擦拭着自己的镜片,而我能够准确地知道,现在他在思考着哪些问题。它们大概是:古埃及人是最初的巨人,我们则是站在他们肩膀上的矮子;更形象地讲,是在数千年的光阴里，一代比一代更矮的小矮子站在了前一代矮子们的肩膀上。不过随着位置越来越高，矮子们的思考也越来越深入，越来越准确。倘若没有当年的巨人从如此机智的角度去思考和发现的话，今天的我们就不可能知道现在人们所了解的一切，也不会发明什么折尺之类的工具。差不多就是这样的……

好吧，这我得承认，这些不是我自己的想法，而是教授先生的想法。因为在前几次，他为我们安排的关于天文学、哲学和生物进化论的旅行时，这些都曾被讨论过。那时的他还不是什么"爸爸"哟！

关于这些，我没必要大声地讲出来，没想到竟然听到了一声轻轻的叹息。那叹息仿佛在对我说：天啊，伊达，不要再这样唠叨了，这些事我们已经知道很久了，教授不是一直在对我们灌输吗？

但如果这些就是我最喜欢琢磨的东西呢？

我觉得，如果进一步思考别人告诉你的事情，也是很了不起的！

没想到，马克西木匠突然开口了。她从木工刨台上跳下来，对我们耳语道："莫非他总是这么唠叨个没完？"说完，她眨眨眼，我们也眨了一下。

显然他经常这么做，而我们也总是很乐意聆听。当然！当然！至少大多数时间是这样的。

"能否允许我也说两句?"马克西女士开口了。她当然也可以天马行空地说上两句。如果她知道"天马行空"是什么意思的话——但很可能她并不知道。

"那就容许我想到什么说什么吧。我们都知道用米或者厘米甚至更小的单位去测量长度和宽度。例如,米的单位适合测量大橱,而厘米则适合木头小盒子。这是很清楚的事情。按照乘法法则计算得出的面积,是使用平方米还是平方厘米作单位,往往需要视不同的情况而定。我每天都会接触类似的事,因为这就是我的工作。但是,为什么我今天能将它们做到头发丝程度的准确度——对,毫厘不差,我自己都没认真思考过呢。毕竟,刚才是你们爸爸的启发,才让我想到了这个问题!

"如果我想制作一张方方正正的桌子,就必须先保证它的四条边长都是一样的。我们大家已经明白这一点了。但是,一个标准的正方形还有另外一项特征:四个角大小相同。关于这一点我们还没有学到。不急,我们马上就可以学了,你们还可以亲自动手试试呢!不过在此之前,我先要讲点别的事情。实际上,那是关于……你们的马克西木匠在一次木匠考试里做过的一些傻事。咦?伙计们,你们不会都睡着了吧?"

她一面说,一面用她的那支木工铅笔在她蓬乱的红头发上挠来挠去,并端详着我们。

不会啦！尊敬的马克西女士，您难道在这里发现了打盹的小朋友？我们都认真听着呢。因为当一个大人准备说自己身上发生了什么傻乎乎的糗事时，一定相当让人期待！

马克西露出了笑容，并且停止了她的挠头发：

"事情其实是这样的。木匠考试的那道试题实际上超级简单。它问的是，我们能把一根树干切出多少块木板？当时，我的脑袋一下子空荡荡的，就像一个被倒空了的糖罐子。你们晓得傻乎乎的马克西当时是怎么说的吗？我说：我才不肯做这种事情呢！我抵制破坏森林的行为！这场考试我差点没及格，因为一个木匠怎么可能不和木头打交道呢？树木不就生长在森林里吗？当时的我还没什么经验，从来都没有听说还可以植树造林。也就是砍倒树木之后，再种新的树。反正，当时的我既然拒绝了木头……也就等同于，我选错了工作。

"就在那时，我仿佛听到了哗啦一声，同时还听到了这个问题的答案，原来是一位好心的考官悄悄地将答案告诉了我。哇，没想到世上还有这么好心肠的人呢！后来，出于感谢，我还特地为他做了一条相当棒的长板凳呢。"

当她继续沉浸在回忆之中，笑眯眯地讲着自己的故事时，我们的教授却在一边偷笑着嘟哝："我猜吧，她没准还和他一起坐在了长板凳上……"

"教授，拜托！这些事情，我们就没兴趣知道了。我们倒是很希望知道这道考试题目的最终答案是什么……快说吧，马克西女士！"我说。

她又一次地从回忆中清醒了过来："答案其实再简单不过。究竟能从一根树干上获得多少块木板呢？得先测量一下树有多高，直径有多粗。用一把直尺或折尺就能完成这个任务。我们举个例子吧，假如说这棵树有4米高，直径是40厘米粗，而我们需要的木板是每块4厘米厚、30厘米宽的话，那么我们一共可以获得10块这样的木板。接下来，当然要用锯子锯开树，毕竟，它可是没法被咬开的。"

她说着咯咯地笑了。而我们也跟着一起笑，教授也笑了，他并没有因为我打断他的话而不开心，还自顾自地接着说："40厘米除以（每块）4厘米厚的话，答案就是10。对，10块木板。而且每一块木板实际上是4米长，和树的高度一样，我理解得没错吧？"

也许吧！大伙已经准备好如何测角度了。这是马克西女士答应过我们的。

按计划，我们要先拖出一张四边形的桌面，把它搁在地板中央；而另外四条已经做好的桌子腿，则摆在桌面旁边。嘻嘻，教授从马克西"指挥官"那儿什么也没有获得，我们却收获了不少。

瞧！卢卡斯和蒂姆一起拖来了木板桌面，丽莎和我抱来了桌腿。在仔细聆听了教授的理论之后,我们再一次启动啦。无疑,这能给我们很大的乐趣。只有蒂姆还在叹气。

"现在将桌子腿竖立在这块面板的四个角上,要以竖直的角度哦!对,要拿稳,不要摇晃!"马克西命令道。

现在的场面看起来相当滑稽,一张桌子被倒置在了地板上,四角各站一个小朋友,每人手里拿着一根桌腿。

"做得非常好!"马克西女士拍着手,一面喊,"你们现在看到了什么呢?"

我们说:"一张倒置在地上的桌子呀!"

"还有四个小朋友。"卢卡斯边笑边说。

卢卡斯立马被丽莎轻轻地踢了一脚:"闭嘴!我们还看到了四个直角,它们的角度是一样的——假如蒂姆没有把桌子腿晃来晃去的话。不用说,它们的长度也全相等,否则桌子一定站不稳……"

还没等她说完,蒂姆已经手一滑,桌腿噗通一声倒在了地上。丽莎见状深深地叹了一口气,说道:"现在只有三个直角了。蒂姆,你这个讨厌的家伙。"

话音刚落,丽莎的背上就被卢卡斯捶了一下。现在更好了!她也手一滑,桌腿倒在了地上,丽莎再次尖叫了起来:"啊,你这个蠢家伙!我们现在都没得玩了!"

"哼,你自己才是蠢家伙呢!"卢卡斯回了她一句,"现在不是还有两个直角吗?"

这下怎么办?难道要吵得打起来?

还好,我们的"教授爸爸"发话了。只见他从木匠刨台上跳了下来:"给我停下!我们家……很好的教养究竟到哪里去了?好了,好了,现在大家的手伸出来,握手言和。"

可是,你的孩子们才不会这么做呢——你不知道吗?

很快他自己也瞧见了场面尴尬,所以继续嘟囔着:"好吧,好吧,如果不肯握手的话就算了……"

马克西女士此刻必须插手了。她对我们笑眯眯地说:

"啊，我的实验就这样失败了吗？好吧，就让它过去吧！总之，希望你们确实已经理解桌子都有四角，而且都是一模一样、非常精准的直角。数学总是对一切都计算得分毫不差……"

而我们的"教授爸爸"又将他的思考继续推进："我好像又想到了什么。我的意思是在古希腊有个叫欧几里得的人，他大概出生在公元前三百六十五年左右……"

"我敢打赌，这次保准又来了一个数学迷。"卢卡斯轻声嘀咕道，"我总是很喜欢这一类人。"

"我也喜欢，"教授说，"但是现在嘛，还请管住你的小嘴巴，仔细听我说。这位数学迷每天所做的最主要的事情，大多是关于几何学的。如果他见到西莉娅的话，那么他一定会说，西莉娅有长度而没有宽度……如果他遇到蒂姆的话，那么他一定会说蒂姆像是一个平面。因为他既有长度，也有宽度。

"我们好脾气的蒂姆，这一回请不要再觉得委屈，只是拿你做一个比喻，好吗？我经常会灵光一现地想到这些比喻，它们往往十分形象。但是现在，时间已经差不多了。大家可以离开了，马克西女士肯定有不少事情要忙，毕竟桌子不会自己拼好。然后，是不是有人可以去关心一下那些小不点儿。他们究竟躲到哪里去了？"

好吧，估计他们都在木屑里规规矩矩地玩耍呢。

玩耍？他们已经睡着了，一半身体埋在木屑里。瞧，西莉娅的嘴巴正吮吸着一块小木块，真逗！

现在谁来将这两个小家伙弄醒，并且掸去他们身上的木屑呢？事实上，我们的教授已义不容辞地去做了，他总能扮演好父亲的角色。

他跑到那两个小家伙跟前，拍拍弄弄，没注意到刚刚抖落下来的木屑已经粘到了他的裤子上。

"现在大家得礼貌而规矩地与我们的木匠女士告别了！"他将早已熟睡的西莉娅背在背上，又将莱卡牵上了皮绳，吃力地说，"而且，我还得见到你们鞠躬，或者行屈膝礼，以及一句无比响亮的感谢！"

嗯！这是一定的！——甚至是多倍的感谢！但是，鞠躬或者屈膝礼之类就算了吧，这个年代已经不会有爸爸要求孩子这么做了。

但是有趣的马克西做出了鞠躬和屈膝礼的姿势，她一面咯咯笑着，一面向我们挥手道别。"今天和你们在一起，获得了很大的乐趣！"

我们也一样，马克西女士！只是我们现在必须朝着数学旅行的下一站出发了，再见！话音刚落，我们已经走到了外面。

只听见马克西突然又喊了起来："哎呀，大家再等一下！"她的于中挥舞着满满的一把木匠铅笔，朝我们每个人的手里塞了一支——其中当然也包括我们的"教授爸爸"了。你瞧，那支铅笔被他搁到了耳朵后面。我们之中，唯独莱卡没有获得铅笔。你想吧，如果它也能获得一支的话，就必须时刻用嘴巴叼着这玩意儿了。

第五章　大家来称樱桃！今天的和古老的称法

好，现在应该往哪儿走呢，教授先生？我们现在已经完全理解，数学存在于丰富多彩的生活中。可是我们得去哪里才能找到它们呢？

只听见蒂姆气喘吁吁地说道："我爸爸说过，希望在我的数学作业本里看见好分数出现……它们会出现在那里！可是现在……我的肚子饿得咕噜咕噜叫……怎么办……"

真可惜，离开了木匠工作室，教授就不再扮演什么好爸爸了。他没有听到蒂姆的话，而是一马当先地冲在了前面。他早就将西莉娅放到了卢卡斯的背上。而这时，正牵着莱卡的人，除了我，还能是谁呢。

蒂姆在一家小小的店铺前停住了脚步。只见店铺门口摆放着水果和蔬菜箱子,里面似乎装了不少好东西。蒂姆透过橱窗朝里面呆呆地望着,一副垂涎欲滴的模样。

"是不是里面也有薯条卖,或者起码是……炸薯片呢?"

拜托,蒂姆,你可以把这些都忘记了,这儿只有纯粹健康的食物。所以还是继续向前走吧!

没料到,教授也停住脚步不走了。他观察着放在店铺外面的箱子,也透过橱窗向里头张望了一会儿。但他……显然不是在寻找什么薯条。

教授终于发话了:"好吧,朋友们,你们觉得这儿怎么样?"显然,这家店就是我们下一节数学课的教室——原来数学也可以出现在苹果和洋葱之间!

蒂姆,将你的薯条彻底忘掉吧!

啊,现在第一个迈步进店的会是谁呢?哎呀,直接冲向柜台的人原来是西莉娅!

她一边大喊大叫,一边用手指着一个装着小熊橡皮糖的玻璃罐:"我可以拿一块吗?"

"不!两块,不,三块!"她似乎等不及了,已将自己十根手指头全部高高地竖起。

在柜台后面站着一位年老的妇女,她戴着头巾,有一双黑色的大眼睛。听西莉娅这么一说,她自然就将手伸进了玻璃罐,但是不知为什么,又很快将手抽了回来。

她是这样说的:"首先需要征得爸爸的同意呀,不是吗?

这些糖对于小娃娃来说，毕竟是不太健康的。"说着，她指了指教授。

"不要！"西莉娅高声尖叫了起来，上上下下地跳着，喊道，"不要！只要丽莎同意了就好。那个不是我的爸爸，他的名字叫——教授，他自己就是这样说的。"

好吧，现在我们无论如何都得忘记那个"教授爸爸"的游戏了。

她继续说："我的名字叫西莉娅，而且，我的岁数已经很不小了。"她说着伸出了三根手指头，高高地举向柜台，"那么你呢？"

"我的名字叫——老奶奶阿曼达，来自意大利。"阿曼达轻轻地摇了摇西莉娅的那三根小指头。接着发生了什么？只见，西莉娅的小手里突然多出了三块小熊橡皮糖！不！不是三块了，西莉娅已经将它们全部塞进了嘴巴。

总之，似乎交流得还挺不错呢，有目共睹！小狗莱卡这时也进了店里。一般来说，小狗是不允许进店里的。而此时，它正在蔬菜箱子前摇晃着尾巴嗅来嗅去。嗯，还好，它不会影响到阿曼达的工作。

她现在关注的是西莉娅那个小娃娃，而我们究竟应该怎么将关于数学的问题问出口呢？快开始吧，教授先生。噢，我看见他已经在忙活了，只不过貌似对我们起不到什么帮助。教授所做的，不过是在苹果堆间"嗅来嗅去"，或者举起一棵

卷心菜看看，或者摸摸那些小樱桃。哎，我想他是不是有些饿了？或者，他认为到了该吃饭的时间？

可是明摆着，他丝毫没有想带我们去吃饭的意思。

好吧！谁先来提问呢？大家在轻轻地互相推搡。但一眨眼的工夫，蒂姆已经站到柜台的前面，手里还拿着他的那本数学作业本！不要！蒂姆，千万别再来那一套了。可惜来不及了，他已经念出了那一大堆关于小猪的问题，也就是小猪想用稻草搭房子，于是从农夫那里买一些稻草……念完了，他也不知道还能说什么。

只听见老奶奶阿曼达发话了："我也会从农民那边买一些东西，可并不是稻草！我给你看看，你就明白啦！"阿曼达指

着她销售的水果和蔬菜，说："农民给出的东西是最好的，也是最新鲜的。因为那些菜直接从农田里摘来的，很快就能上我们的饭桌。而不像超市里……那儿卖的生菜和菠菜什么的，几乎要枯黄了呢。小娃娃，你应该闻一闻这个玩意儿！"她说完递给了蒂姆一颗小苹果。

而蒂姆继续嘟囔着："爸爸好像和我说过，水果不是从农田中来的，而是树上摘的，农田里通常是不种树的。"

天呐！蒂姆，现在可以停下你的废话了。幸好阿曼达并没有仔细听他讲什么，当然也不太理解蒂姆想要表达的意思。她只是将一个装满苹果的小箱子高高地举起来，说道："这箱苹果很重，约有10公斤，也就是20磅左右。估计和这个瘦瘦的小娃娃差不多重，嗯！"她指的应该是西莉娅。她说完又将箱子放了回去，吸了一口气，然后说："我考虑每1公斤也就是2磅卖2欧元。当然，在超市里的价格更便宜，但我的苹果质量更好！它们出自更好的农场和农民手中。凡是聪明的妈妈，都会从我阿曼达这里为她们健康的小宝宝购买棒棒的苹果！"

好，现在事情清楚了。我们都不需要主动开口问什么数学问题，这位老奶奶就已经向我们讲授起了数学。

阿曼达忽地又咯咯笑了，不过笑得有一点尴尬。

"能听懂我的话吗，小宝宝？我的意思是，我可以在纸上计算。每个纸箱子里有10公斤的苹果，而我每卖出1公斤就得到了 2 欧元，所以也就是说，等箱子空了，我就挣到了 20 欧元，然后我再把这赚来的 20 欧元塞进收银箱。"

突然她开始大笑，还拍着自己的脑门。

"我这个蠢蠢的老太婆哟！忘记了一件事，农民将苹果卖给我这个蠢老太婆的时候也是要赚点钱的，毕竟他们家里也有小宝宝呢。所以每卖出 1 箱苹果，他们都向我收取 5 欧元的成本，没错。"

哎，那么接下来，我们蠢蠢的老太婆……不，我可不能这么称呼别人，这是很不礼貌的。接下来，我们的老奶奶阿曼达开始在纸上计算了！也就是说，需要扣除 5 欧元，因为那是支付给农民的钱，而这剩下的 15 欧元才真正归她所有，算是纯利润。听起来还不坏，对不对？

"确实如此，我的大宝宝！"她朝我微笑着，又叹了口气，说，"计算这件事呀，我说最好是放在纸上！不然的话，我的脑袋就会像杂草丛生般一团糟呢。"

蒂姆点着头，也随着她一道唉声叹气，大概他很理解这种"脑子一团糟"的感受。别说他，就连我也是深有同感的。当然，卢卡斯和丽莎这两个家伙肯定无法体会了，因为他们都可以不用笔和纸，就能在聪明的脑瓜里轻轻松松地算出来。

"可是，阿曼达老奶奶，您的柜台上还摆着电子秤呢，完全不需要费脑筋计算呀，它可以为我们代劳！"丽莎说着指了指电子秤,"它能精确无误地将1公斤苹果称出来,当然,可能一开始分量会有偏差,多一点点或少一点点,但调整一下就很准了。还有,这些苹果一共值多少钱,它也能马上告诉您——当然不是通过嘴巴。我想,它本质上是某种类型的计算机,而这一类设备,我们基本能在各家商店里找到。但是……早些时候,人们还没有发明出电子秤的时候,使用的应该是……"

"当时也有很古老的秤。"老奶奶阿曼达将丽莎的话打断了。她的眼睛里分明闪出了光芒。"我还是从我爷爷那儿认识这种东西的,没准在某个地方我还藏着一些老物件呢。"说着,阿曼达就消失在了柜台后面的小房间里。

卢卡斯咯咯笑了:"她难道在寻找她的爷爷吗?"

哎呀呀,我的卢卡斯,你真是愚蠢透顶!

"又怎么了,她说的就是'一些老物件'啊!"卢卡斯依旧带着一副傻傻的笑容。显然,他是被自己的笑话给逗乐了。

可我们并不觉得好笑,卢卡斯。

转眼间,老奶奶阿曼达重新走了出来,并骄傲地高举着一件好像早已生锈的东西。没错,它一定是一台极其古老而原始的"秤"了!瞧,它的模样比现在的电子计算机简单多了。它有一根垂直的粗木杆,上端有一根笔直的木杆,水平笔直的木杆两头的链条上各挂着一盏托盘。类似的东西我其实早就见过,不过那是书本里的图片,而非实物。

"喔，一台古老的杠杆式天平，相当漂亮的玩意儿。"教授一面说，一面点着头。显然现在，他已从"闻嗅蔬菜"的小活动里回到了我们中间。他嘀咕着："问题在于究竟应该怎样称呢？"

"现在，老奶奶阿曼达就要讲故事给你们听啦！"她看上去容光焕发，"所以小宝宝们快来帮忙吧！"

她首先指着蒂姆："来，你这个强壮的小宝宝，请将天平举高，然后稳稳地端住它。另外，你这个亲爱的小宝宝，请拿住这棵胖胖的花菜吧，将它放在右侧的托盘上。"

原来，她是在喊我。随即她又指了指丽莎："至于你这个聪明的小宝宝嘛，请将用来配重的秤砣放在左侧的托盘上。试一下，两侧托盘是不是可以做到平衡。"

说着，她将配重秤砣从围裙口袋里取了出来。原来，这就是为什么刚才她的围裙沉甸甸的缘故，看起来像是快落到地面上了。毕竟，这些秤砣很沉重，还大小不一，显然有着各种规格的重量。

蒂姆，你不要乱摇了好不好，否则这台天平真的没法工作了！

咦，丽莎正皱着眉头注视着这些秤砣，每个秤砣上面都清晰地写着一个数字。诸如，1公斤、0.5公斤、100克、50克等。她是不是正准备依次试一试，看看到底哪个秤砣最适合卷心菜呢？——不过，哎哟，这么傻的事情大概只有我做得出来。丽莎绝对不会那么冒失。只见她迅速地挑选了 0.5 公斤的秤砣，并将它置于了左侧托盘上，她骄傲地朝着我们笑了，然后就没有然后了，因为那一个装着卷心菜的托盘迅速朝下方倾斜。嘿，丽莎，你选择了错误的重量！还有，你送给蒂姆的、那种鄙视的眼神可以省省啦！因为他这次并没有在故意地晃动，我发誓！

丽莎吸了口气，将卷心菜高高地举起，掂了掂分量，又将它再次放了上去。思考了一会儿后，她最终选择了 1 公斤的秤砣，放在了空托盘上。真的，现在左右两个托盘正好平衡——起码，大致上是平衡的。

老奶奶阿曼达鼓起了掌，激动地喊道："很棒，太棒了！"

那棵胖胖的而且很漂亮的卷心菜重 1 公斤，不过是"大约"而已……可能比 1 公斤稍微要轻一点。然后，她家"老爷爷"就需要好好地计算一下了——在脑子里或者是在纸面上——这棵卷心菜到底能值多少钱呢？因为，它的实际重量要比 1 公斤少一些——大约轻 20 克，或者仅仅 5 克？我想……我们现在是不是也该算一算呢，教授？

"我想，那会相当有意思。"他一边说，一边擦拭着自己的眼镜，"但这类乐趣，还是留到你们回家后再去思考吧。在老奶奶阿曼达这里，你们应该认真观察，数学到底是怎样'藏'在她的水果与蔬菜中的？可以肯定，数学不只出现在现代化的电子秤中。附带一提，没有数学的话，人类也发明不出计算机。

"再补充一句,我们现今所知道的最古老的杠杆式天平——就是出自古埃及人之手,除了他们,还能是谁呢?这些聪明的古埃及人中一定有过许许多多名副其实的数学迷……可以供卢卡斯不停地引用他们的话了。

"话说回来,造型简单的杆秤早在公元前就出现了。秤的正中间会用一根绳子系着,挂在比如树这样的东西上,在杠

杆的两端自然也都系着托盘。

"可想而知,这种原始的秤测量数值很不精准,但测一个大概的值显然足够了。也许当时的人们还没有像今天这样一丝不苟,有时测一个大概也就算了。我猜,那时使用它们的人有时给多了东西,不利于自己的收入,有时又给少了,让自己多赚了些。

"所以,我的朋友们呀,现在请帮我一个忙。假如阿曼达老奶奶您允许的话,可不可以为我称出一磅樱桃呢?它们闻起来实在太美妙了……

"停!我的蒂姆,可不要到柜台上的电子秤上按一通数字。我非常了解你,更知道你喜欢做什么事情!"

蒂姆一面不服气地嘟哝着,一面紧紧抓着那台原始的天平,高高举起。原来,他要帮我们用它来称呢!我和丽莎能很快称出一磅樱桃的。

我们把樱桃放在一个托盘里,在另一个托盘上放了0.5公斤的秤砣。两把樱桃实在多了点,装着樱桃的托盘立马沉了下去。拿掉一些又太少了,再放一点。好了,现在很正确,天平终于取得了平衡。

这实在不难做到,同时还能带来很大的乐趣呢!不过也有几颗小樱桃滚落了下来。虽然只有两颗,但小狗莱卡不会放过这个机会!不用说,三下五除二,它们就被它吞进了肚子。

教授，我们是不是应该去称一些别的商品呢？但是，教授摇着头，轻轻拍着他的手表。这是在提醒我们必须接着往前走，在之后的道路上，还有更多的数学在等待着我们。

不过，依然有一个很小的争论还没解决！那不是我们间的争论，而是阿曼达老奶奶和教授之间的。阿曼达老奶奶无论说什么，都想将那些称好的樱桃送给我们。

她的话是这样的："这些樱桃本来就应该送给我们亲爱的小宝宝们啦！"然后满怀喜悦地望着我们，补充道，"日行一善，是很快乐的事。"

"不可以！"教授伸手往钱包里拿钱，嚷嚷着，"阿曼达女士，今天您已经做过好事啦！那就是为这些可爱的小宝宝贡献出了时间和耐心。一切应当公平，而我也应该付钱，对了——小宝宝们，现在我要听到你们洪亮的感谢声！"

"谢谢！"我们立即爆发出了集体大合唱般响亮的感谢声。小狗莱卡也在旁边吠叫个不停，还高高地跃上了教授先生的大腿。教授的手里拿着刚刚买的樱桃，估计是袋子里的樱桃让莱卡嘴馋。

老奶奶阿曼达的黑色眼睛闪着光芒，她还为我们中的每一个人在耳朵上挂了一对小樱桃。当然，教授先生也不例外。

哎哟，你看见了吗？这么一来，我们右边的耳朵上挂着樱桃，左边的耳朵上搁着木匠马克西赠予的铅笔。大伙就这

样一面昂首挺胸地走了出去，一面向阿曼达频频挥手。阿曼达呢，也在我们身后激动地挥手道别。

我想，我妈妈应该是从阿曼达老奶奶这儿购买过蔬菜和水果的……下次我一定愿意陪着妈妈来这里——或许，还有机会再亲手称一次东西呢！

小小的西莉娅并没有在挥手作别，她正忙着将带杆儿的两粒樱桃塞进自己的小嘴巴里。哎哟，那些樱桃核会不会将她呛住呢？好吧，我还是啥都别说的好！丽莎才不愿意我多嘴呢。

当教授转向我们的时候，我看清楚了，咦，他耳边原本挂着的那串樱桃现在也已经不知上哪儿去了。

"好了，我的数学之友们，现在我们应该朝哪个方向前进呢？"他吐出了两粒樱桃核，问道，"下面应该由你们来做决定了，还有更多的数学奥秘等待着我们前去发现呢！希望你们已经在对普通劳动者的拜访中有了领悟：数学绝不只存在于积满了灰尘的书页间，以供人在安静的小房间里绞尽脑汁地琢磨，数学其实是极其令人愉悦且非常实用的。这里头，真有着不少乐趣呢。我说错了吗？"

当然没错，教授先生！可蒂姆不一定这么认为，他正唠叨着"我现在最想去卖薯条的地方"。

这句话我们都没搭理。蒂姆，你到底有没有认真听？现在我们讨论的，可是正正经经的数学话题，与你的薯条是无关的。

"好吧，现在睁大眼睛，继续前进！"教授先生命令道。

"牵上西莉娅，用皮绳系上莱卡，我可不希望过多地来操心你们的安全问题。还有，当直觉告诉你们遇上了值得一试的事情，那么就喊出'停！'吧。没准，那儿正好藏着一些真正有价值的数学问题！"

"停！"我们的卢卡斯突然就这么大喊了出来，指着左手边，"看，那儿立着一辆吊车，那儿应该是个工地。不如去那儿吧！"

第六章　在混凝土泥浆里也藏着数学呢

这是一个建筑工地,咱们为什么不去试试呢?很清楚,接下来就这么干。然而我们马上注意到了,教授先生——那个一手牵着西莉娅、另一手将莱卡牵在皮绳上的教授先生,感觉正在磨磨蹭蹭、犹犹豫豫。瞧,吊车高耸入云,还有钢铁制成的梯子,人们可以扶着它爬到顶端。对于擅长攀爬的卢卡斯而言,这一定不陌生吧。而地面上呢,到处堆放着黄沙和碎石,瞧,那边还有一个巨大的四边形窟窿。假如谁一不小心掉了进去,既没有被人牵住,也没有皮绳系住的话……结果不用我多说,显然教授先生已经担心起来了。

但是请看,教授,那儿有很多工人正戴着明黄色的安全头盔。他们不是在铲东西,就是在摞砖头,另外,还有不少人站在一台混凝土搅拌机旁,这台鼓着大肚子的机器持续不停地转动。而在那台搅拌机周围的地面横着水管,也摆放着各式各样的劳动工具。总有人用它们忙碌着。旁边,立着一台大得更吓人的挖掘机,晃动着它那同样大得吓人的挖掘铲子。不过它并非无人地、自动化地运作着,而是有人正坐在上面的操控室里,密切把控着它的一举一动,不让它将土扬到周围人的身上。这里的工人当然也万分留意,我们也会很小心的。一定会的,教授!

"希望你们说到做到!"教授先生低声嘟哝道,但是,他仍然在一堵工地围墙前站立不动。嘻嘻,我发觉,他站的地方正巧在一块标牌下面。标牌上写着"禁止踏入工地"。

好吧,就是现在,教授,我们该做什么?该不该在这里发掘一些新的、用来上数学课的材料呢?这里的材料一定很丰富。

卢卡斯早就跑开了,我注意到了,他仿佛特别想朝大吊车的方向跃跃欲试。丽莎仔细观察着那一堵新砌好不久、中等高度的砖墙,肯定正在计算砌这样一堵砖墙需要多少块砖。

蒂姆继续嘟哝个不停:"我的爸爸说过,要是我的数学成绩不能再进步一些的话,我顶多只能当一个砌墙工人,而永远当不上一个建筑师。不过,建筑师的工作我本来也就不想

干,完全不想!"

西莉娅一手拉着我,一手牵着系住莱卡的绳子。"快行动吧,教授!"我说,"做点什么吧!往回走是行不通的!"

但就当教授想要做点什么的时候——例如,他当然该问一问,我们能不能在这里提点数学问题——走来了一位建筑工人。他穿着满是污点的工作服,戴着安全帽,朝我们冲了过来。在他的安全帽下卷曲的黑色鬈发一直披到了肩膀,他的面孔也和头发一样乌黑发亮。他当即捶了捶那块标牌,暴跳如雷地吼道:"嘿!伙计们,你们难道不识字吗?"

实际上,我们并没有对他的吼声感到厌恶,因为这里十分嘈杂。至于他的语气呢……实在是够凶的。

教授回答的声音却并不响亮。这一次,他终于又成了我们那位充满勇气的好教授。只见他冲工人的耳朵吼了几句,紧接着,那工人"哈?"了一声,挠了挠肚子,又挠了挠耳朵后面,发出了"噢!"的声音,最终点点头说:"好的,好的,那就一言为定!"然后他咧嘴笑着瞅瞅我们,拍了拍教授先生的肩膀。很显然,我们被允许进入这块禁止入内的工地了。那么,教授究竟在他耳朵边吼了些什么呢?

这位建筑工人告诉我们他的名字,他吼了好几次,我们才听明白。他的名字原来叫丹尼斯。作为回应,我们也大声喊出了各自的名字,因为周围实在太吵。不过,他是否将这些名字都记住了呢?哎呀,无关紧要,随便他吧。唯一重要的事情是,与丹尼斯在一起的话,我们就可以去工地上的任何地方了!对,任何一个我们想去的地方,任何一个我们能找出数学问题的地方。

不过,唯独不许到处乱跑的是西莉娅和莱卡,她们需要一位看护人,那就是我们的教授,除了他,还有谁又能担此重任呢?反正,我们不需要他来回答我们的问题,我们现在有温柔可亲的丹尼斯了。

丹尼斯是这儿的头儿吗?因为工人们都朝着他招手示意,对我们的出现毫不惊讶,继续干着手头的活。

卢卡斯当然希望立即跑到建筑大吊车那儿。

"它究竟有多高?我是不是可以爬上去?"他嘀咕着,但是立马被拒绝了。

"不行哦!小矮人,超过 25 米高的话,只有专业人员才允许爬上去,明白了吗?"

这个回答一定会让教授放心。丹尼斯可是很小心的,卢卡斯!好啦,不要像个被责怪的孩子。小矮人,现在过来吧,我们已经走到了那台混凝土搅拌机的旁边了。这个家伙正旋转着它鼓鼓的肚子哩!

里面究竟藏着什么呢?

"噢,只是碎石、水泥、沙子和水而已。它们是以同等比例混合的。"丹尼斯喊道,并用他那双黑乎乎的手挥舞示意,"你们待在原地不动,小朋友们,我好像忘记了什么,一会儿

就回来。"

他说完转身走了，留下我们乖乖地待在原地等候。

对了，"同等比例"——这个词到底是什么意思呢？很显然，我们现在已经在讨论数学问题了。只不过没有丹尼斯在身边。

"这个词的意思是，每种成分是一模一样的量，按照我的理解就应该是这样的！"丽莎脱口而出。终于，我们的丽莎又一次有机会做个自以为是的人了。好吧，我本来也可以想到这个答案的。要不，我们亲手试一试？不，我们应该站在原地不动。

可是卢卡斯已经活蹦乱跳地跑出去了，他还捧回了四个空的铁皮盒子。他究竟是从哪儿弄来这些东西的？

"给！从那边的'用餐角'。"卢卡斯骄傲地回答，"那些砌墙工人在那儿用餐，这之前是盛汤的，现在没人要了，但我们正好很需要。"卢卡斯说着，将这些小盒子塞到我们每一个人的手里。它们都同等大小。只听卢卡斯大声命令道："伊达，你去取碎石子，丽莎去取沙子吧，而我负责取水泥。蒂姆，抬起你的屁股，你去取水吧。然后，我们将这些东西混合到一起搅拌，获得一种各种成分分量相同的混合物，就是用来砌墙的东西！有了它，建筑砖头就能黏合在一起了，伙计们，理解了吗？"

有道理！这种"混合工作"一定很有趣，即便我们早就不再是玩这种游戏的年纪了。不过，现在这是个数学问题，所以应该这么做，没人会反对。

我们于是拿着各自的小盒子分头行动了。我们暗自希望没有工人会察觉到我们的行动。嗯，他们肯定发觉不了，因为他们正在十分认真地工作呢。不过有个人例外，他一眼就瞧见了我们的小举动。这人就是丹尼斯。他回来了，胳膊底下夹着一叠安全帽，喊道："嘿，我说，小伙计们，你们必须戴上这个！"

我早就知道，这里禁止孩子们乱跑。但是当丽莎向丹尼斯不厌其烦地一遍遍解释我们正打算做什么之后，丹尼斯终于点了点头，也露出了微笑。接着，他为我们每个人戴上了一顶安全帽，因为这是工地上的规定。特别对于像我们这样聪明的小家伙，尤其需要一顶安全帽！丹尼斯就是这个意思。这些安全帽是明黄色的，看起来特别漂亮，这种特殊装备，在此之前，我们还从未戴过呢。

教授先生，你能够看到我们吗？远远地望去，他依旧在后面远远地待着：靠着围栏，坐在一个翻倒过来的桶上，而莱卡和西莉娅正刨着教授脚边的沙泥，玩得不亦乐乎呢。教授朝我们招着手，咦，他竟然也戴上了一顶安全帽。不过对于西莉娅来说，安全帽显然太大了，她戴上去就如同一株大蘑菇。

终于，我们被允许干活啦——在丹尼斯的监督之下。我们在一个桶里混合所有材料，一面搅拌，一面摇晃。我们搅呀搅呀，突然发觉自己正在做的事不正是那台巨大的混凝土搅拌机在做的吗？不过它是将很大分量的几种材料混合起来，而我们仅仅混合了很小的量。蒂姆在一边热情地帮忙，也同样饱含期望地嘟哝着："我说，假如这是鸡蛋、牛奶、面粉和其他一些食材，那必定会得到一块超赞的蛋糕面团！"

拜托，蒂姆，那你肯定砌不出来一堵墙。要知道，我们这儿混合出来的可是混凝土。

我们也能用它来砌墙吗？

"当然咯！为什么不能？砌一堵小墙足够了。"丹尼斯说，"去弄些砖来，这些砖块都是按照标准规格制作的。所以用它们砌墙，你们小朋友也可以胜任。"

咦，什么叫"按照标准规格"啊？我想了一会儿明白了，真的相当有逻辑——就是说，砖块看起来都是一个模样，同样长，同样宽，同样高。

我继续猜测，这些标准化的砖块必定是由工厂按照统一标准制造出来的，例如，它们大概是被机器整齐地切割出来的……为了完成这一点，切割的过程中也一定需要数学！因为，假如砖头不规整，砌出来的墙肯定也会歪歪斜斜。对于一栋楼而言，那将会是一场可怕的灾难。

"你说得没错，那么现在开始砌墙吧，我就不再啰嗦啦！"不过，丹尼斯还是忍不住，补充了下面的一些话："小朋友们，先动动你们的小脑袋再动手。因为没有事先计算是行不通的。这儿可不是在乐高的玩具世界里，怎么搭都不会错，明白吗？"

我们完全明白！丹尼斯，我们会搞定的。真庆幸，我们刚刚去过了女木匠马克西那儿，在开始做木工之前，马克西也提醒了我们需要进行充分的计算。

"好吧！假设我们的小砖墙有1米长——1米就够啦，教授毕竟也不能一直在那边看护那俩小家伙——30厘米高，正好能让人舒舒服服地坐在上面，宽度就是每块砖头的厚度——那么，我们应该先……"

"将一块砖的尺寸量出来，再计算出一共需要几块砖，之后就能用泥浆开始干那些啪嗒啪嗒糊墙的工作啦。"卢卡斯打断了我的话。

好的，卢卡斯，我本来也想表达同样的意思。只是不会用"烂泥"或"啪嗒啪嗒"这样傻乎乎的词而已。可是卢卡斯并不在乎我说什么，而是不由分说地接管了"指挥权"。既然他不能攀爬大吊车，那么他就在这儿活蹦乱跳。

蒂姆被指派去测量砖块。这时，用来砌墙的"烂泥"也准备好了。丽莎和我测定好砖墙的长度，所用的方法是将小木块敲进地里，标示出起点和终点。丹尼斯站在旁边，递给我们用来测量的尺子、榔头和小木块，毫不担心我们会不小心捶到我们自己的大拇指。他知道，我们靠自己能够完成这一切。单凭这点信任感，我就觉得相当棒。蒂姆呢，总是要问他的数学题，现在总算放弃了。唉，你瞧，他费力地拖来了些砖块，喘口气后，又拖来了更多。

但他没数清楚砖块的具体数量！

他的那套又来了："我爸爸是说过，实践永远比学习更高一筹！"他喘着气，丢下满怀的砖头。

"不，亲爱的蒂姆，你说的这些不符合数学规律！"丽莎用她那自以为是的语气教训他,"你给我记住了,首先必须认真学习,而且需要认真计算,如果还不能成功,也许才轮到实践的那一步呢。"

还真不巧!说到这里时,从蒂姆手中落下的一块砖差点砸在了丽莎的脚上。

"哎,你们这些聪明的小家伙呀,就别绊嘴了,还是抓紧干活吧。"丹尼斯笑着说,他雪白的牙齿在漆黑脸孔的衬托下,显得烁烁闪光。我们卖力地干着活,甚至连蒂姆也在为我们助一臂之力呢!一块砖,一层泥浆,又一块砖,又一层泥浆,丹尼斯提供的那把泥铲子也派上了用场。我们的小砖墙就这样慢慢地长大了。

丹尼斯在一旁注视着我们的每一道工序,不住地发出鼓励的赞叹声:"真棒!""十分不错!""太赞了!"

只是当他为了考验我们,要我们在墙上开一扇小窗之后,砌墙就变得有点难了!我们苦苦思索着,一扇开口很小的窗子,宽度与砖块一样?它应该是正方形的,还是长方形的呢?不管怎么说,直角是首先需要保证的事情,那就又要测量了。

然而,我们的小窗子还是歪歪斜斜的,唉……

天呐,现在我们终于明白了,如果想要造一栋完整的房子,对,就是带着门窗、屋顶、屋顶上还有烟囱、屋里屋外还有楼梯的房子会是多么难啊!显然,它们中的每一种都涉

及了直角、高度、长度和宽度，以及更多我不知道的参数。所有这些都必须极准确地计算出来，分毫不差。要建造这样一栋房子，离开了数学必然是行不通的。不过，当我们住在里面时，却没有见到一丝一毫的数学！我发觉我的房间、家里的楼梯、我的窗子，似乎与过去给我的印象有了极大的不同……

小砖墙终于搭建好了，卢卡斯将最后一块砖啪嗒一声贴了上去，完工。哎呀，那么好的"封顶"机会被我错过了！

这倒不重要，因为就在这时，我脑子里有个结不知怎地解开了。我的爸爸总这么说，当我长时间地思索一件事情却毫无头绪时，就会在哪天晚上入睡之前，突然想出来，而且常常是对的。

我现在懂了，往小了说，数学是我们能在纸上、在学校的黑板上看到的用于"阅读"和"学习"的数学；往大了说，数学无处不在，是真真正正的无处不在，它甚至就在我的鞋子里。一定有人测量过它的尺寸，我的牛仔裤也是一样。要算出一叠牛仔布料能做出几条牛仔裤，要裁多长、剪多宽？这样类似的数学问题，真可以无尽地设想下去，不仅仅是在测量的时候。

然而，我们似乎并不思考这些问题，只是那些真正以补鞋、剪缝为工作的人，或者干脆就是建筑师与木匠，才有心思去认真想这一类问题吧。

对于大家而言，数学总是静静地潜伏在生活中的某个地方，假如我们将它找了出来，就能发现它的存在恰当而合理。有它在，裁缝不会多剪出边角料，砌墙工人也不会再有几毫米的误差。好吧，之前我确实从来没有想过，有一天我竟然能以这样的方式理解与看待数学。我一定要将这个想法讲给教授听！不过……我想还是过一阵子吧。首先必须让他惊讶于我们所建筑出的这堵小砖墙！

"教授，请快来吧，来表扬一下我们，小砖墙终于完成了！"大伙齐声喊道。他立刻跑了过来，用绳子牵着莱卡和……西莉娅。真的！有一根绳子系在了西莉娅的小背带裤上！你真是有办法啊，教授！我说，即便西莉娅说的是小狗的动物语言，但她……毕竟不是一条小狗呀！丽莎却笑出了声。我注意到丽莎喜欢这个用绳子牵住西莉娅的方法，说不定她还会将这个方法记在心上呢！

"信任当然是好的，然而在这儿，对这些顽皮小家伙的控制也是必要的。"教授说着，还是露出了一点尴尬的表情。毕竟，将小宝宝拴在绳子上，总归是一件特别奇怪的事情呐！好在，西莉娅似乎蛮喜欢这一点的。她甚至在教授的前面用四肢爬行，并喊出一种可以命名为"西莉娅小狗"的吠叫声。

"好吧，你们说说，在刚才的活动中，你们有没有用什么

狡猾的小技巧呀?"看到丽莎对于用绳子拴住西莉娅的做法没有异议,教授觉得放心了许多。

完全没有,恰恰相反,请看,教授!

现在你得为我们建筑出的小砖墙感到惊奇了!因为所有都是我们自己算出来的!高度、宽度、长度,还有……啊呀,不,怎么可能这样!现在……已经没有任何东西能让人感到惊奇了。因为我们这堵了不起的小墙,居然哗啦一下倒塌了!而在一堆泥浆和散落的砖块之间,瘫坐着我们的蒂姆!原来,是他一屁股坐了上去,对,在我们刚刚辛辛苦苦砌好的这段墙上面!我简直不敢相信,这家伙怎么会这样愚蠢!

"哎,我实在是太累了,肚子也饿得叽里咕噜直叫唤。"他嘀咕着用手遮住了眼睛。

莫非,他以为不看它的话,墙会再生长起来吗?好吧,蒂姆同学,倘若现在我们所有人不好好留意一下,一定会发生一场更巨大的砖墙坍塌事件!

此时,教授先生大笑起来,而丹尼斯也在旁边笑个不停,甚至比教授笑得更响。听!西莉娅也在一旁直嚷嚷呢。她发出的是那种孩子特有的尖叫,音量最高。小狗莱卡吠叫着……我想那大概是属于小狗的一种笑声吧。

既然大家都笑作了一团,谁又会板着面孔去批评蒂姆呢?除了跟着一起笑,我们还能做什么呢?不过,蒂姆呀,我们之所以取笑你,是因为你现在坐在一堆石子烂泥里的样子看上去很可笑……你自己也一定这么觉得吧。

就在我们大笑的当口,丹尼斯的一记口哨声插了进来。原来,他是在朝着那些工人的方向吹口哨。他喊道:"嘿,大家听着,午间休息时间到了!我将一些年轻的小同事带过来,一起吃点东西噢!"

"没问题,老板!"他们这么回答。很快,泥水匠就聚到一条用砖作为桌腿的长木板旁。他们坐的凳子就是一个一个翻转过来的桶。我们呢,就是丹尼斯口中的"年轻的小同事",背着背包,和教授以及小狗一起结队前进,排在丹尼斯"老板"的身后来吃好吃的了。蒂姆一声不吭地排在队伍最后

面，拖拖拉拉地走着。但愿我们的那些"大同事"刚才没瞧见我们都做了些什么糗事……

他们真的没有瞧见，我想。因为他们只顾着拆开各种大大小小的食物包装袋，还打开了啤酒瓶与汽水瓶。一发现薯片包装袋，蒂姆的眼睛就瞪得好大好大！那边立即就给他递过来一包，而蒂姆呢，则用两块饼干作为回赠。转眼，我们抓起各自的野餐啃了起来，有时也在旁边走来走去，交换着手中夹着奶酪的小面包，或者夹着香肠的黄油面包。至于教授先生先前从阿曼达老奶奶那里获得的那袋樱桃，不一会儿就被吃光了。分享食物的时候，大家都玩得很高兴，自由地笑啊，闹啊。即便刚才所有人身上都被建筑工作弄得脏兮兮的，包括我们这几个小孩子，但是没有人会觉得这么脏有什么关系。至于小狗莱卡，此时自然成了大明星。在所有人那儿，它都能吃到香肠小碎块！真是太幸福了。

西莉娅也不失时机地爬上了丹尼斯的膝盖，并且吮吸起了第二瓶柠檬汽水。丽莎，别看了！你得庆幸这两个小家伙没有因为吃得太多而吐出来！

对于蒂姆，我们已经不再生气。生气和快乐地进餐可不相配。

此时的蒂姆嘴里塞得满满的，他一边咀嚼着食物，一边在他的背包里翻找着什么。难道……他又在翻找那本数学练习册？

果真，他又将那本练习册拿了出来，径直将它塞到泥水匠工人的手里，倔强地嘟哝着："实践永远高于学习！"

丽莎都已经反驳过他了呀！真受不了他。丽莎马上向那本小册子伸出了手，可教授早已把它抢到了，还用它轻轻地在蒂姆的安全帽上打了一下。

"我的小懒虫呀，你得自己思考——我想问问你，对于先学习还是先实践这种话，你自己是怎么想的呢？"

这种问题，蒂姆从来没有什么观点。他深深地叹了一口气，大概也是觉得自己已经无法摆脱这份作业了吧。

泥水匠们叽里咕噜地笑开了。其中一位年轻的泥水匠一跃而起，喊道："有一次我筑墙的时候，三下五除二，不加思考，结果那堵墙就那么倒了，轰隆隆。所以，我必须去学习，才能知道为什么它会轰隆一声倒掉！"

话音刚落，所有人都大笑了起来，有人拍着他的肩膀，以示安慰。没想到卢卡斯一跃而起，大喊着："为什么墙会轰隆一声倒掉，这是有原因的！因为……蒂姆一屁股坐在了上面！"更响亮的大笑声中，蒂姆尴尬得无地自容。

于是大伙就沸沸扬扬地闹了起来——还有人敲着桌子，左一下右一下地拍着蒂姆的肩膀——他已经完全面红耳赤了，假如这时有个老鼠洞，他恨不能一头钻进去——要是大小合适的话。可怜的蒂姆，卢卡斯的话并不是恶意的。我们真的仅仅和大家一起笑了一小会儿，教授根本没笑。

"蒂姆，我的好伙计，大家不要指责他了，就算对这件事有责任的话，也无须过多地挂在心上。"教授一面说，一面把作业本还给了蒂姆，"把它收起来吧，他们的幸灾乐祸就会随之一起收敛的，然后你就能好受点。"

他晃了晃眼镜，清了清嗓子，说道："现在你们看来已经玩够了！要是你们有兴趣，我倒是很愿意陈述一些有关古埃及建筑艺术的想法。在听的时候，如果觉得无聊，就请告诉我！"

没有人吱声，瞧，这不是还没开始说吗？

"好吧，所有的故事开始于当有人想要建造一些什么的时候，就要去计算——你们已经明白了，这是很清楚的事情。古埃及人很早就懂得了这一点。让我们想想那些金字塔，那些极其古老的建筑，建造时就需要考虑它的体积。你们想，它的墙壁和地板都是平面的，这样一栋房子就是由面积和体积组成的，这显而易见。是的，各位早就掌握了！"

他朝着桌子边的泥水匠们点了点头，而泥水匠们也点头回应他。有位泥瓦匠在独自嘟哝着一些关于体积计算、面积计算的事情——好像是说，这些是老板该管的工作，而今天老板并没有来。

怎么回事？他不是就坐在那里吗？那个丹尼斯。但是丹尼斯朝着我低语了一句："在这里我只是个小工头。"然后将手指放在唇边。安静地聆听是前提，听众可不能发出噪声哦。

"但问题来了，古埃及人在那时究竟是怎么做的呢？"教授发问了，并从他的裤子口袋里抽出了一张纸片，晃了晃，"究竟是怎么做到的呢？既然那时的他们完全没有我们今天使用的辅助工具，像折尺、卷尺、小型计算器或者计算机，以及所有我们知道的此类工具。关于今天常用的计算工具，坐在这里的同事们所知道的肯定比我多啦！那他们究竟是如何建造出那样雄伟的金字塔的呢？坦率地讲，我也没法一五一十地告诉你们，我只能表示惊叹。不过我的确在一本书里读到了一些相关的内容，这是我做的笔记。"

　　他拿起先前的那张纸片，响亮而缓慢地朗读了出来："从一张莎草纸里，我们发现了古埃及数学最杰出的成就……什么是莎草纸？"他透过眼镜框望了望我们。

　　还是丹尼斯帮忙回答了这个问题："啊，我猜那一定是那时的某种纸张，不然的话，怎么可能会有东西被写在上面呢？可惜的是，今天大概没有人认识那些字了，就是这样。"

　　教授向他点头示意，继续说道："历史学家已经搞清楚了，在那张莎草纸上，记录的是计算体积的方法。也就是说，一座以正方形为底面的钝金字塔的空间容量。噢，解释一下钝金字塔的意思，就是说那个金字塔并没有像宝塔那样的尖顶，而是被削去了最顶上的尖。关于如何计算这座钝金字塔，古埃及人在那张莎草纸上写下了很详细的数值。实在令人惊

呀！那时的古埃及人对于这些计算已经有了各种记号可供使用，通过这个计算显示，他们的确知晓如何计算体积。是不是很厉害？起码对我而言，那时的古埃及人能计算得如此准确，真是一个巨大的谜！现在你们听着，方法来了！"

他滔滔不绝地说了下去，并将那张纸条贴在与眼镜很近的位置："一座钝金字塔的体积，等于它的高度除以三，乘上底座大正方形面积加上顶端小正方形面积，再加上两个面积

的开方，最后所得到的乘积。①

"问题就这样解决了，是不是很不可思议？这种计算方法很合理。"

他充满喜悦地望着我们所有人，而眼镜镜片在闪烁着光。好吧，现在……我们大家应该像他一样振奋？可惜的是，教授啊，我们一点也不能理解你的话。而且，不仅仅是我们这些小孩没理解，不是吗？

只听到丹尼斯正在嘟哝着："哇，这个……我们的老板也许能懂，毕竟作为建筑师，那就是他的工作。"其他那些泥瓦工听了之后频频点头，并开始收拾食品包装盒和空了的啤酒瓶。

是的，教授，你可高估我们了呢！你觉得失望吗？不，他并没有，他一定料到了会是这个结果。只听见他继续将话题向前推进：

"此外没有任何其他证据能表明，古埃及人的知识是如何延伸到了这样高阶段的几何学的。是的，没人知道。"

他又一次坐了下来，仿佛已经确定我们所有人都理解了那些话。丹尼斯将最后一瓶啤酒推了过来。不过我们多少理解了一些东西，那就是如果这些超难计算的金字塔啊或者摩

---

① 钝金字塔就是正四棱台，体积公式为：高度/3 [面积1+面积2+√(面积1×面积2)]。

天大楼,假如还在摇摇晃晃的话,一定是一场巨大的灾难!还有就是,如果需要在一条很宽阔的河道上建起一座有着惊人长度的桥梁,倘若离开了数学计算的帮助也肯定行不通,而用来计算它的数学一定很复杂。

只是这些东西吧,我们从游戏中就知道了。就像在小朋友做游戏的时候,所用的数学还是超级简单的,但是到了下国际象棋的时候,它们就超级复杂了。不管怎么说,两者都是游戏。

是可以类比的,对吗?

只见丽莎使着眼色,表示拒绝。呵,她当然了解一些大人才懂的事情:"干脆就让我们眼界放高一点,去思考一下宇宙里的天文计算吧。我想这样的事情教授肯定每天都在做。要不,思考一下宇宙飞船的飞行?这样的思考过程,一定密密麻麻地挤满了各种计算和公式吧!比它更加复杂的东西,恐怕已经没有了,起码我这么理解。而今天人人都会用各种方式计算……还有……"

"还有计算机。"蒂姆嘟嘟囔囔插话道,"丽莎,你把计算机给忘掉了。"

"我才没有忘记,我正巧想到它,但是你打断了。"丽莎怒吼了一声,予以回击,"计算机也是由人类发明的,之前人们一直在计算呀,计算呀,直到计算机这个万能者——它的肚子里除了数学什么都没有——在某天出现了。它的由来,实际上是人们将那些形形色色的公式组合在了一起，并持续组合了很多年……接着，就轮到你出现了！带着你那头蠢蠢的小猪，还有烦人的稻草房子，以及，永远无法完成的倒霉作业！"

嘿！丽莎，你这么说就太欺负人了。这个可怜的蒂姆，刚才把墙壁弄倒了，只是因为他太重了。而现在，又冒出了关于小猪的讨厌问题——难道是因为……他……太笨了吗？你难道想再嘲笑他一次吗？瞧瞧，瞧瞧，蒂姆伤心得几乎要号啕大哭了，而且——马上就要去找他的爸爸了！你就希望发生这个，对不对？

可是这些都没有发生，因为所有的水泥匠突然都呼啦啦地喊了起来，而其中要数丹尼斯喊得最响："快，蒂姆！把你的小猪问题拿出来，给我们大伙瞅瞅吧！"

蒂姆（明显没有料到）变得面红耳赤，但还是将作业本从背包里抽了出来。就这样，这个问题就在桌上被研究了起来。每个人都想往本子里望一眼。它被抢过来又抢过去，直到丹尼斯将它拿到了手上，并且响亮地朗读了出来。

"一头小猪想用稻草为自己建一栋房子，并准备从农夫那儿购买 100 捆稻草，每捆 12 公斤，为此它要支付 500 欧元。这个农夫带来了稻草，但是只在拖拉机上载了 95 捆稻草，小猪却没有发现这一点。"

桌边一下子爆发了巨大的笑声和一片乱嚷：

"真是诡计多端的农夫!"

"这样不就成了一栋偷工减料的住房吗?这可不行!"

"在小猪面前的狡猾,算不上真的狡猾!"

这种闹哄哄的场面,直到丹尼斯大喊"别瞎嚷嚷了!"才告停止。他接着说:"现在问题来了,小猪被骗去了几公斤的稻草和多少欧元?"

一下子,大家都安静了。现在到了计算与思考的时间,作业本被传过来,传过去,只听得见很低声的窃窃私语。这时,最年轻的那位泥水匠一跃而起,带着泥水匠特有的嗡嗡鼻音回答道:"你们懂的,这儿的数学就是儿童游戏嘛!我想,这个问题,我们的蒂姆其实可以独立完成的。仔细听好了,我们的蒂姆!假如小猪需要知道多付了多少钱,那么它首先得知道一捆稻草是多少钱。你还记得吗?小猪一共付了多少钱?"

"他为 100 捆稻草一共支付了 500 欧元!"蒂姆立即干脆地回答。他的记忆力毕竟是不错的,即便在数学方面有些磕磕巴巴。

这个有趣的年轻人朝着蒂姆点点头:"现在你该知道 1 捆稻草价值多少,对不对?你的小脑袋会怎么告诉你呢?"

可惜,蒂姆的小脑袋什么都没有告诉他。他只是将眼睛紧紧地闭了起来。这时,丽莎在他的耳边嘀咕了一些什么。

假如说丽莎现在就对他透露出答案，那也算是某种形式的道歉吧。我觉得这么重归于好，也还不错呢。

"场外求助是允许的！"那个年轻人说，依旧朝着蒂姆微笑。

蒂姆挠了挠耳朵，不再嘟哝了，反而大大方方、一字一句地说道："为让这头蠢蠢的小猪明白，每一捆稻草到底值多少钱……我们应该这样来帮它计算：买 100 捆要花 500 欧元，那么只要把 500 除以 100，我们就得到了数字 5，也就是说，每捆稻草价值 5 欧元。

"但是现在，那个诡计多端的农夫只发给了它 95 捆稻草，就把 500 欧装进了腰包，这么说来，这头蠢蠢的小猪一定白白损失了 25 欧元。因为我知道 5 乘以 5，会得到 25。100 捆里少了 5 捆，但这头蠢蠢的小猪还在按照原来的价格支付。现在，你们一切都明白啦？"说完了这些后，蒂姆终于满意地舒了一口气："如果我就是那头小猪，一定会在农夫的屁股上狠狠地啃上一口！"

他的话音未落，桌边就沸腾了起来，大家无不哈哈大笑。那位友善的年轻人走过来，拍了拍蒂姆的肩膀。做得好，蒂姆，没想到你还真行啊！

此时的教授会怎么说呢？

他满意地夸奖道："现在该用一句'感谢！'吹响出发的号角啦！感谢这里所有耐心的数学助教。"他一面说着，一面四下环顾:"所有人都准备好了吗?"

显然是的,教授!哦,不,教授!卢卡斯还没来!现在请你……朝着建筑工地上大吊车的方向看看,是谁攀爬得那样高?

"我还是闭起眼祈祷比较好。"教授喃喃自语,并震惊地盯着那个方向一动不动,那儿有个人已经爬到很高的位置。哦,不对,教授,是两个人!丹尼斯已经爬上去了,他将卢卡斯紧紧地抓住了。教授,丹尼斯会看护好他的,毫无疑问!

"我收到了这个消息,然而还是缺少对它的信心。"此时的教授竟然说出了一句大文豪歌德的名句,继而叹息道,"我得坐会儿。"他说完就像坠落一般坐到了一个翻倒过来的桶上面。

拜托了,教授,请你还是赏赐给卢卡斯一些这样的乐趣吧。你是无比了解我们这位手脚总不停的小家伙的。如果说数学是一次为头脑而准备的冒险,那么工地上的吊车大概就是为他的双脚而准备的冒险吧。

所有人都仰起了头,朝着卢卡斯和丹尼斯现在所在的、高耸入云的吊车控制台位置频频挥手。瞧,他俩也激动地在向我们挥手示意呢!

确实不用担心,没过多久,他们就重新回到了地面。一个是神采奕奕的卢卡斯,另一个则是笑呵呵的丹尼斯。俩人

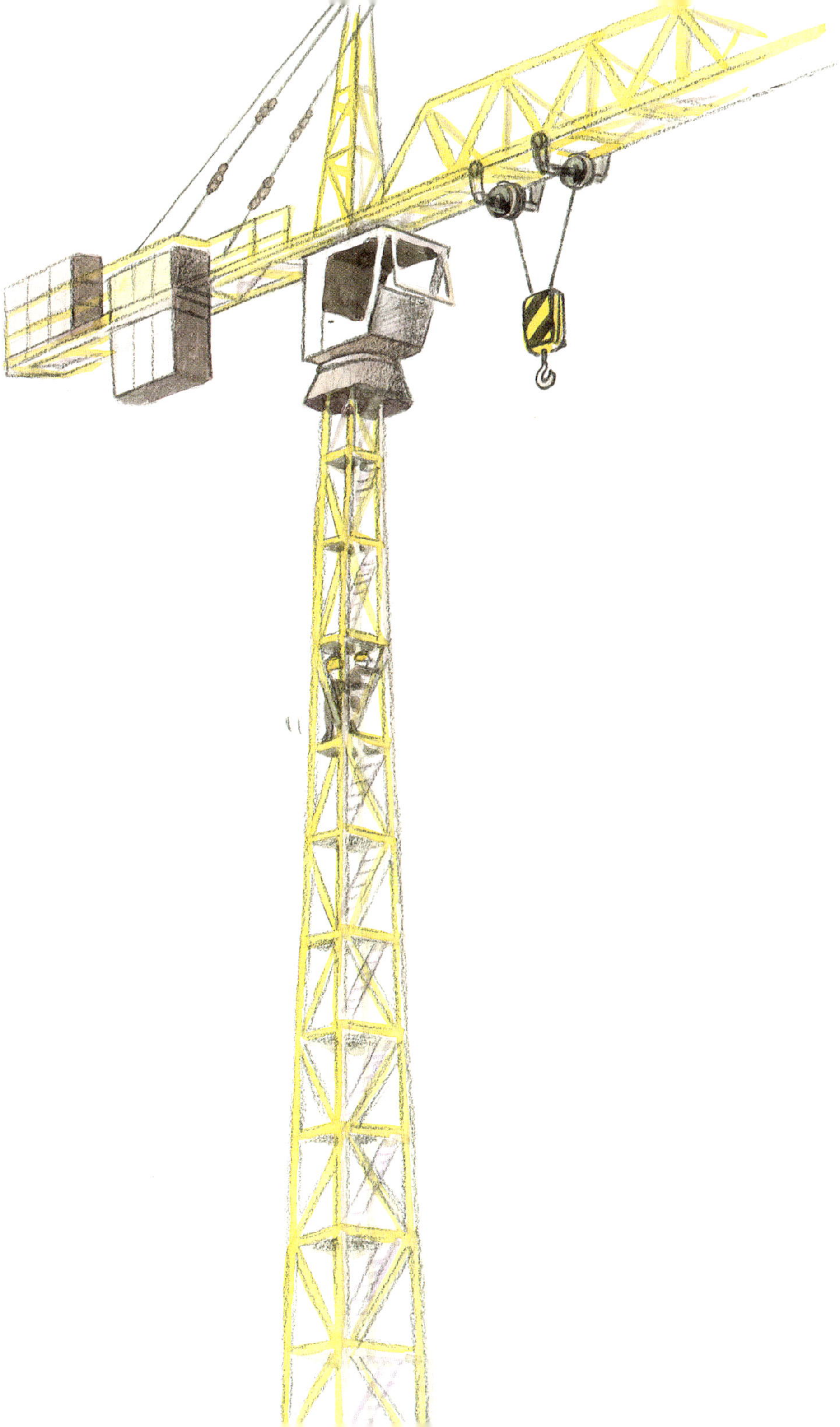

完好无损地归来了。

而教授先生,总算可以放心地站起来啦!

想想看吧,我们可以把那顶超棒的安全帽带回去,教授,你的那顶也一样!

第七章　一堂没有数字出现的"路面美术课"

我们继续向前走。前头一定还有很多数学等待我们去发现！但我们的教授先生一声不响，表情十分严肃，他大概依旧对卢卡斯在工地大吊车上的历险心有余悸吧。可是教授，现在的卢卡斯不是健康活泼地和与西莉娅一起在街上蹦蹦跳跳吗？莱卡也被拴上了绳子，在卢卡斯前头一溜烟地小跑着。即便如此，教授好像依然无法从刚刚那种惊恐的情绪里舒缓过来。

丽莎、蒂姆和我也都和教授一样，一言不发地跟在队伍的最后。现在喋喋不休地指责无疑是行不通的，但我们可以思考一下，做什么才能让教授重新快乐起来？

就在这时，教授突然在冰淇淋摊前停了下来。他转头问道:"伙计们,来一份餐后甜点怎么样?我来请客。"

我们同时长长地松了一口气,声音大得彼此都能听到。这下好了!冰淇淋这种玩意儿吃起来的味道总是很妙,但更棒的是我们的教授终于开口说话了,这让大伙都放心了许多。

他补充了一句:"自己点冰淇淋,自己算钱。"他说着晃了晃手中的一张钞票,我一把抢了过去。"至于该找多少钱,请你们计算到'角'与'分'!"

十分清楚,教授,我们知道,你就是想通过这个来考考我们。今天想要抛开数学直接尝到冰淇淋肯定行不通!好吧,那就来六份冰淇淋,每人一份,而每份都是一个华夫蛋筒里放两个冰淇淋球!哎哟,蒂姆,是每人两球,不是三球!

记住一个冰淇淋球的价格……然后算出两个冰淇淋球的价格……最后是十二个冰淇淋球的价格……售货员先生早就知道拿走我手上的纸币得找回多少零钱。他的计算过程就如同闪电一样快,因为他每天都在计算。

哎呀,对此我窃喜不已,好在教授没有发觉。我说吧,计算呢……真是太简单了,假如……旁边有人代劳的话……

品尝着冰淇淋,我们大伙又向前出发了。咦,教授为什么又沉默了?好吧,也许只是他的嘴巴里塞满了好吃的东西的缘故。可是比起沉默,我更情愿他批评我们。不过,他向来不是那样的人。

西莉娅将她的冰淇淋抹在了卢卡斯的脑袋上,莱卡正在舔掉在街面上的华夫蛋筒碎屑。而蒂姆已经吃光了!只有丽莎和我还在一小口一小口地舔着冰淇淋,一边吃一边小声讨论着我们本想讲给教授的话……因为真正能令我们快乐的事情是将冰淇淋和数学一起吞进肚子里。比如思考——将冰淇淋分为两份,一份是巧克力味,另一份是香草味,如何让两个冰淇淋球大小完全相等;或者,拿巧克力冰淇淋为例,里面到底含有多少巧克力、多少奶油呢?总之,这些都得准确地算出来,冰淇淋的配制工作才不会错,就像在工地上制作混凝土那样。假如这种混凝土的混合比例不正确,砖头就不能很好地黏合起来;假如冰淇淋的配料混合得不正确,它们尝起来的味道就会很糟糕。我俩一同笑了,我们的想法是一致的。

连蒂姆也跟着我们一起咯咯地笑了,他在旁边仔细听着呢——而且贴得很近。我们很少这样靠在一起偷笑。对此,我认为教授是有责任的,他不知为何已经将我们抛在一旁不管了。我猜,他还沉浸在刚才的惊恐之中,此时手里的冰淇淋球,成了他的一切。这可不行。

我们得做些什么,以便寻回那个快乐的教授先生。看来,一个健康的卢卡斯还不足以安慰他的情绪。

就在这时,我们有了新的念头!要让教授继续天马行空起来,就得让他给我们讲点什么。他最喜欢这么做了。

来吧,丽莎,你最在行了。问他点什么,给他那天马行空的思考来一点推力。

丽莎扯着自己的马尾辫——这个动作代表她开始思考了。丽莎,可要赶紧,否则我们的教授还会沉浸在惊恐的情绪中出不来!

她点点头,跑到教授的跟前。她扯住教授的袖子,问道:

"哦,教授,那些耸立在沙漠里的古老金字塔……"她不知道接下去应该怎么说。她把问题给忘记了!我的天呀,丽莎!可是教授在做什么呢?他抱住丽莎,大笑起来。

"丽莎,我的孩子呀,谢谢你,我一直在苦思冥想,原本我想给你们讲什么?一个简短又非常有趣味的故事,可突然之间,它好像消失不见了。"他说着拍了拍自己的安全帽,"不过,现在它回来了,多亏了你的关键字'金字塔'。你是不是总能知道别人的想法?"

丽莎一下子脸涨得通红,支支吾吾地不知道说什么。这可真是意料之外呀?我当然也觉得很意外。

噢,现在我们总算明白了,我们始终以为他的情绪很糟糕,需要我们的安慰。事实上,他只是在琢磨一个故事,只是那个故事——他突然记不起来了。所以,我们白白担心了,就如同当卢卡斯和丹尼斯攀登到大吊车顶部时,他徒劳地担心一样。哎呀,这一切真是让人哭笑不得。

"好吧,现在终于准备好故事了!"教授高兴地说道,招呼我们围过去。即便是背着西莉娅、脚边拴着小狗莱卡的卢卡斯,也围了过去。

他就这样将故事娓娓道来:"在很久以前,曾经有一个人名叫泰勒斯。他吃惊地站在一座金字塔前,很想知道这座金字塔到底有多高。但他没有可以用来测量的工具,正如你们已经知道的那样。不过他很快有了一个天才的想法,请注意,下面我将引用泰勒斯所流传下来的话哦。

"'难道竖直的高度就无法测量吗？何不借助水平方向的线段来间接地测量它？我无法测量高度，是因为高耸入云的缘故，没关系，我可以测量它在地面投下的阴影。于是，我可以通过测量小的，去计算大的；借助可触及的，去计算无法触及的；测量近的，去计算远的。'

"好，引用到此结束。你们可以开始了吗？"

他斜着脑袋看着我们。通常他这样看着别人的时候，内心是带有怀疑的。但是你现在可以把这种怀疑抛开了，教授！

蒂姆咯咯地笑出了声，并且嘟哝着说："我平躺在地板上玩小汽车时，我爸爸一定会说，蒂姆呀，你应该从水平的状态回到直立的状态，请回到桌边继续你的数学作业吧。"

只听见丽莎接着说："这就相当于从水平的蒂姆变成了竖直的蒂姆——也可以这么说：直线，或者叫水平线，就是一条从右边延伸到左边，或者从左往右的线；而竖线，或者叫垂直线，是从上往下或是从下往上的。这些都很简单，每一本百科全书里都写得一清二楚！"

"可是丽莎，泰勒斯的书里没有写什么叫'可触及'，什么又叫'不可触及'！"卢卡斯说道，"但我已经弄懂了！对于那个泰勒斯而言，不可以触及的就是金字塔的顶端。他恐怕没办法爬到顶上，而我嘛，大概有这个本领！而金字塔在地面投下的影子，是他可以触及的。他可以测量那个影子。至于到底怎么测量，我仍旧不知道。他又没有折尺或者类似的东西。"

是呀，这家伙说得挺对。我其实知道一些测量阴影的方法。"在金字塔下方的阴影——无疑是容易测量的东西，因为它就摆在面前。可是，依照上面说的，他可以根据近的计算出远的，比如那座高耸入云的金字塔，从地面到顶尖的距离。所谓小的，我想，大概就是在金字塔下面的测量工作，所谓大的就是金字塔本身。事实准是这样，我说得对吗？"我问道。

"我听着呢，真让人惊喜！"教授微笑着说，"那么我继续说了。泰勒斯到底是如何测量金字塔的阴影的呢？他在大沙漠里汗流浃背了好几天，终于搞清楚太阳恰好在什么位置的时候，金字塔在沙漠上投下的阴影长度正好和金字塔的高度一样。

"所以解决方案出现了，相传，为了进行测量，泰勒斯干脆用上了他自己的身高。你们说，泰勒斯是不是不折不扣的天才呢？

"所以……泰勒斯就趴在沙地上，沿着阴影的边缘匍匐前进。那样一定很痒，不过话说回来，这个主意的确相当棒！至于他最后得到的测量结果，那座金字塔的高度相当于几个泰勒斯的身高呢，我也不得而知了。而我嘛，现在又想笑出声……

"我们是不是可以试着用小小的西莉娅来测量呢?那堵贴满了傻照片的海报墙究竟有多高?就是我们刚刚路过的那一堵。你们说,它的高度相当于三个西莉娅呢,还是四个西莉娅?"

或者用教授的身高来量?那堵墙有两个教授那么高,还是一个或者一个半教授先生那么高?

我想这样的测量实验一定相当有趣。可惜今天行不通,因为你看,太阳已经被厚厚的云朵给遮住了,所以我们也量不了什么墙壁的阴影。

我该加快步伐了,教授和其他人已经走到前面,大约快到下一条街了。他们的队伍看起来是那样笔直,犹如一条长长的线。现在我要沿着这条线往前赶了。

嘿,等等我吧。

他们确实停住了脚步,但实际上等的并不是我,而是在等教授,等他在背包里翻找某件东西。只见教授跪在地上,在包里翻弄了一会儿,抽出一支粗粗的粉笔,然后把它塞到了我的手里。

"现在你过来,伊达,在这里画个点。"教授边说边指了指地面。

"什么?"我呆呆地站着,完全听不懂他的意思。他这样说是什么意思呢?难道是我做错了什么?就在这时,西莉娅一把从我的手中抢走了那支粉笔,开始兴奋地在路面乱涂乱画。

好吧，这下我终于弄明白了，教授想让我在路面画一个点，这准是又和数学有关，而不是和我有关。

现在，将你手里的粉笔交出来吧，西莉娅！但是这个小家伙生气地尖叫起来。教授见状，立马又去翻他的背包，找到了另一支小小的粉笔，运气不错呢！就让西莉娅继续在那儿乱涂乱画吧，这样我也能安静地在路面画我的点了。可是，这个点和数学有什么关系呢？

"什么都和数学有关系。"教授一边跪在地上，一边回答，"一个点所代表的意思是，不含有任何面积。所以也可以这么

说，它无法胀大，变成那种很大很大的气球。现在伊达，请为我画一条直线吧！"

我很乐意，我的直线会相当笔直，除了短一些。接下来轮到你讲解了，教授先生。

"这是一条笔直的直线,更严格地说，它是一条线段，即两点之间的一种连接。但是请注意，它是没有宽度的。"教授拿过了我手中的粉笔，又在线的左右两端标出了两个粗大的点。

"当然，你也可以在某个位置上为它画上界限。但是，

现在……"他又在背包里翻找,最终取出一块小海绵,"请看,现在我们的线条发生了什么变化?"他用海绵擦掉了右边的点。

"现在已经不再有界限了!"丽莎说着,将教授手中的粉笔拿了过去,沿着马路将我所画的线一直、一直地往下画,"嗯,这条线能无限延伸下去,直到非洲或是其他地方。"她大喊着。

卢卡斯回应她说:"假如它遇到了高速公路或大海的时候,又该怎么办呢?"

显然，他得到的不是答案，而是丽莎的一个白眼。反正开玩笑是不需要什么答案的。

丽莎朝回走，并对她画的那条没有终点的线表示满意。其实呢，她仅仅画到了红绿灯那里。紧接着，她再次画了一条，又是一条没有终点的线，平行地挨着第一条。

我说，它们两个……是否应该互相做个伴？在它们没有终点的旅程中，就不那么孤独了吧？

"我的老天呀，伊达，你还呆呆地站在那边干什么？"丽莎冲我露出一种自以为是的嘲笑，"我画了一组平行线！轮到你来猜猜，为什么它们是平行线？"

我才不需要猜呢，丽莎，我知道得一清二楚，因为这两条线永远都不会相交，我们都看到了，它俩永远并排向前延伸！我朝丽莎做了个鬼脸。这是你的傻问题应得的答案。可是，丽莎又在用她那招牌式的笑容对我微笑了。教授拍了拍我的肩膀，说道：

"欧几里得是第一个理解这一点的人。平行线永远不会交叉。这个伟大的数学爱好者尤其对几何学抱有浓厚的兴致。在这个领域，他可以说是如鱼得水！"

他挠了挠自己的胡子："或许，我们可以谈一下欧几里得的那些重要定理？不过只是顺便说两句。"他示意要用粉笔。

"蒂姆，请你画一个平面。需要注意：一个平面的意思是，同时有着长度和宽度的东西。"

"这个嘛，他完全可以自顾自地乱画出来——蒂姆的这套本领，不是已经被你宣传过了吗？"卢卡斯说着，咯咯地笑了起来。

哎哟，蒂姆听了绝对受不了！

可是蒂姆只是冲着他的小伙伴吐了吐舌头，然后画出了一个像模像样的"平面"——只是它看起来更像一块巨大的薯片。

教授先生会心一笑，看得出他还是挺满意的。"平面的边界永远都是直线，"他说，"不管是正方形、矩形还是三角形。好了，接下来轮到谁来画一个三角形呢？"

一定是卢卡斯！那个爱嘲笑别人的家伙。噢，但他画的不是三角形，而是一个巨大的四边形！他对着这个四边形嘀咕道："一个四边形有四个角，多有道理！而三角形呢，自然就有三个角！也是很有道理的！"说着他画出了一条笔直的直线，从那个四边形的左下角一直连到了右上角。这个小办法，他在有趣的马克西女木匠那儿看过，我们也见过。

两个三角形就这样出现了，看起来像一对双胞胎。

"接着，让我们在一个圆形上试试这个办法吧！"教授说。这一回是他自己在地面上画了起来，"猜一猜，我们是不是也能获得一对双胞胎呢？"

他的话音未落，在我们的身边突然多了一个警察。

我的老天呀，教授，现在我们该怎么办？在路面乱涂乱画之类的事情，肯定是被禁止的！那个警察看起来也是一脸的严肃……哎，教授，我们要被教训一番了。得赶紧想办法呀，教授！

教授确实想到了。他朝西莉娅招招手，喊她过去，随即在她手里塞了一些什么，又在她耳边嘀咕了几句。西莉娅看上去很欢乐的样子，迈着正步，一步一步地走到了警察先生的面前，并拽住了他的裤子，骄傲地宣布："瞧，我们这儿准备好了海绵，会将画出的东西擦干净的呢！那边的那个人就是这样告诉我们的。"

警察一面清了清嗓子，一面悄悄地将西莉娅弄在他制服上的那些粉笔手印擦掉。然而，他并没有直接离开，而是仔细端详我们留在路面上的那些符号。

只听见他轻声嘟哝着什么"几何学""一定是学校计划……"什么的，还有"这些教学任务把城市秩序弄得一团糟……"这一类的话，最后还留下了一句叹息："睁只眼闭只眼吧。"

这下我们放心了，不会被骂了！事实上，将我们挽救于危难之中的，就是所谓的"教师的教学任务"，当然还有西莉娅的海绵。我们现在很想笑，但我认为还是不要笑为好，继续我们的"教学计划"吧。毕竟这个警察先生还在一旁看着呢。教授啊，已经没有别的办法了，你现在就是我们的老师，而我们都是你的小学生。现在就开始吧，一起来演场好戏！

首先，是丽莎站起身，如同在学校里一样举起手，低声说道："我们刚刚说到画一个圆形。对此，您能不能给我们解释一下，这个圆形会发生哪些事情？或者，请您给我们一个提示吧，教授先生！"

教授咯咯地笑了。丽莎朝我们投来了生气的目光："嘿！看你们谁敢笑！"尽管如此，我们还是笑了。不过教授已经完美地进入了角色！

"安静，请安静！"他严肃地拍着手，喊道，"我重新表述一下问题，你们这次务必专注地听好。一个圆与一条直线会发生什么呢？很明显，直线要么切破了这个圆，要么触到了圆的边界；又或者，这条直线仅从圆的旁边掠过，没有碰到。如果直线平均地切开了这个圆，也就意味着直线将圆分成了两份。先说这么多，我亲爱的同学们，听明白了没有？很好，接下来我开始提问。这条直线应该怎样切，才能将这个圆平均分割成一样大小的两部分呢？请知道的人举手回答！"

哇，所有的手都举得那么高？但是在很喧闹的笑声里，我们几乎听不清答案："让直线穿过圆！教授先生！"

只听见那个一直站在旁边的警察嘟哝了一句："废话，不穿过去的话怎么能切开？真是一个够笨的回答。"对于这些咯咯乱笑的学生，难道他丝毫不觉得诧异吗？或者说，他自己曾经也是个在课堂上咯咯乱笑的学生？

"不许装傻,"教授严厉地说,"这条分割圆形的直线必须准确地穿过圆心。假如它偏了一些的话,会发生什么,卢卡斯?"

"那一定无法将圆分成相同的两半!教授先生。"卢卡斯回答道,"这真是一年级学生都能回答上来的问题,教授先生!"

"不要放肆,小家伙。"教授一边喊着,一边挥舞手中的粉笔,"不过,你的推测是正确的!坐下!"

哦!拜托,教授,卢卡斯刚才根本没有站起来。你可真是位来自上个世纪的老师。没人会相信你真的是位教师——包括那个警察。我看见他只是眨眨眼,点头说:"真是个有趣的活动项目!祝你们教学顺利。"临走还不忘提醒:"别忘了,将这些粉笔痕迹全擦干净!我们的城市应该时刻保持整洁。"说完这些话后,他就离开了。

十分清楚,警察不太相信这个所谓的师生合作项目,毕竟他又不是傻子。不管怎么说,我们终于被允许继续在路上涂涂画画啦!这让我觉得挺好。

可惜,唯一没从警察先生那儿领悟到什么的人,是我们的教授。

他还在一个劲地继续喊道:"同学们,请注意!"他用粉笔画出了一条直线,从圆的中间将它切开。"这样一来,我们不仅得到了两个大小相同的部分,同时我们还获得了这个圆的直径——请你们竖起耳朵听好了。直径是一个圆里最长的一段线段，也就是说，它横跨了整个圆。同学们，对此你们有疑问吗？"

教授，我们没有疑问！但是你这个……中世纪老教授的……派头，是不是可以歇一歇？警察都走远啦。

"这样啊……"教授转过身，脸上笑嘻嘻的，说："真可惜，刚才我还玩得挺高兴的呢！狠狠地用那些古老的教学礼仪来对付你们，哈哈哈！允许我再来一次吗？"

随便你啦！不过还是尽可能精简些吧，我们的好教授。

但是把话精简到一定程度，他肯定做不到——这一点我们早该预料到。

"想想吧，现在地面上有没有哪个形状……可以为它画出一个刚好能把它围在中心的圆形？"他兴奋地发问，"知道的人请把手举起来，让我看到！"

只有丽莎举起了手。丽莎说："我认为，我们可以绕着这个三角形画出一个圆！教授，而且我还能证明这一点。"

她说完立即画了起来，教授终于露出了满意的表情：

"做得很好，丽莎，请坐！显然我们已经看到，这个圆与三角形的三个角都接触了。你们必须记住这个图形噢。还有，应该以丽莎为榜样。而我的下一个问题要问问蒂姆，我们那个胖乎乎的小笨蛋。哈哈哈，当然只是开玩笑。"

哎哟，教授，这是一个多么令人讨厌的玩笑呀！我们表

示抗议!

"请保持安静,"我们的教授喊道,还赞赏地拍了拍蒂姆的头盔,"请站起来吧,去找一个形状——使圆的周长绕它一圈时,能被均匀地分割,然后将它介绍给我。不过,你的行动要快——如果可以的话。"

只见蒂姆喘着气,固执地坐着不动。显然,这个"胖乎乎的小笨蛋"不只是太胖,还太呆了。别呆坐在这里呀,快动起来,蒂姆!

没想到这时卢卡斯竟然接过了话茬。他一下子跳起来说:"我的小伙伴蒂姆认为,绕着一个正方形可以画出一个这样的圆形。因为圆的边缘均匀地接触了正方形的四个角。至于如何把这个绕着正方形的圆画出来,您完全可以自己去做!我们'胖乎乎的小笨蛋'对此毫无兴趣!"

"噢哟,我们终于出现了第一个叛逆的学生!"教授咯咯直笑,他已经将那个讨厌的教授身份忘在了脑后。但要转变成"教授爸爸"的角色还要一些时间。我们当然更喜欢他当"爸爸"。

他乖乖地画出了那个绕着四边形的圆。卢卡斯说得对。

"啊,但对于长方形而言,这条规则可行不通呢。"丽莎喊道,然后抓起了粉笔,"现在我的证明来了。"

她画了一个大大的长方形,又在它的外围画了一个大大的"圆",确实如此!她画的这个"圆"如同一个扁扁的复活节彩蛋，唯独——不是彩色的。丽莎自然很快就会解释为什么会这样。

"只有那些边长相等的形状才能均匀地分割圆的周长。所以，正方形和正三角形可以，长方形就不行。你瞧，它上下两条边太长了，而左右的两条边又太短了。嘿嘿，长方形还真是一个倒霉蛋。"她骄傲地挥舞着手中的粉笔。

"反正长方形也不在乎这个。"卢卡斯笑了，"因为它没法思考，会思考的只有人。"

丽莎皱了皱眉头，而教授也皱着眉头，还轻轻挠着自己的胡子。

"嗯，卢卡斯的说法确实挺酷的，但我们先停一停，让我对此思考一下，可是……我突然想到了一些东西。我想说，你们是否还记得，当初我是怎样在你们的耳朵边唠叨'数学定理'什么的？当时我还顺带说了一句，'你们不要在意它们的存在，听过就忘记吧'。好了，现在我们的卢卡斯已经表达了一种想法，就是他刚刚说的，数学中的定理恰恰与他说的一样。每个定理都是人定下的，因为希望能明确一些道理。大家听明白了吗？"

至于要问谁的头点得最勤，当然是丽莎了。

她说："但是定理并非随便表述，而是描述已经确定的东西，而且无论过多久，也都一直成立。如果我们学习了这些定理，在计算时就可以运用它们。"

"你们当然可以！百分之一百！这些定理永远不会背离数学法则。"说完，教授又站到了地上的涂鸦旁。

"大家请过来，我画出了两条交叉的直线，看到了吗？现在你们还能看出其他什么吗？对，这里形成了四个角。就在它们交叉的这个地方。注意，位置相对的两个角大小相等。当然，这同样是一条我们早已得出的数学定律，完全可以信赖。"

他站起身，抚摸着自己的膝盖，长时间地跪着这件事显然还是我们小朋友更擅长。

好吧，教授。虽然这样的涂鸦很有趣，我们也很喜欢，不过我想问，将这些……东西了解得一清二楚，到底能派上什么用处呢？

"这真是一个很好的问题，我会讲一段小轶事回答你，伊达。"教授微笑着，在我的身边蹲了下来：

"请你先回想一下欧几里得——就是那个数学迷。当欧几里得在试着向他的一位学生阐明数学定理的时候，那学生很想知道，自己到底能从这样的一条定理中获得什么好处？你知道欧几里得是怎样回答他的吗？他喊来了一个奴隶并命令道：'给他一个硬币吧，因为他总想着好处。'"

"伊达小姐，你对这件事究竟怎么看呢？这个例子不是很棒吗……再也没有比这更能解释知识能带来什么的了。"

嗯，教授，我完全理解你的意思，因为知识本身就是一种好处，我已经牢牢地记住了这个道理。这句话听上去真美妙，何况，它是从我自己的嘴巴里说出来的，哈哈！

"那么就让我们用这句美妙的话结束这节课吧。"教授说着站起身来，命令道："现在大家可以从小小数学迷，变为身手敏捷的清洁工啦！我们可不想让警察叔叔们失望。"

没问题！就这样，我们与教授这位"清洁工大首领"上上下下地忙活开了，又是擦又是洗的。之前留下的涂鸦痕迹很快被清扫干净。自然，一尘不染还是很难做到的。

总之，有了几何学内容的加入后，今天的数学之旅变得更有趣了。

第八章　数学总可以帮人计算

"还能走路吗？头脑里还有空间留给更多的数学冒险吗？"教授先生这样发问道，并将海绵重新收了起来，"如果回答'是'的话，下面的内容你们想自己来决定，还是依旧由我来决定呢？"

当然是我们自己来决定啦，教授。此刻只有我们自己最清楚，我们究竟希望了解哪些知识。不过，我们还想知道些什么呢？教授你别听，我们得商量一下。

此时的丽莎正在沉思，蒂姆则耸了耸肩膀，西莉娅和莱卡显然对这类问题毫无概念。对我而言，去哪里都可以，只要有教授跟我们一起。

就在这时候，卢卡斯说出了他的主意。"我有一个在银行工作的姑妈。"他轻声说。

你说什么呀,卢卡斯,是在德国吗?

"不,她在瑞士。"他的声音更轻了,"只是我的那个姑妈从来不和我谈论她的工作——就算她来拜访我们的时候。"他说完,一把抓住了牵莱卡的绳子,然后大声喊了出来:"这就是一个惊喜哟,教授,跟着我就对了!"话音未落,他撒腿跑开了,这让小狗莱卡很开心。

"这可真让我好奇!"教授说着,拎起了自己的背包,大喊,"能给我一点小小的提示吗?"

教授没有得到任何提示,反而得到了一个筋疲力尽的西莉亚,现在他得背着她了。教授先生唉声叹气,这下他不只是膝盖疼,他的背肯定也要隐隐作痛。尽管如此,他还是紧紧地跟随在我们身后。我们自然也十分清楚,应该朝哪个方向走。我们要在这儿找一家银行,去瑞士的姑妈那里未免有些太远了……

不过教授和我们都不用走太远,卢卡斯已经发现了一家银行的标牌,他朝我们使劲地挥手示意。

做得真棒,卢卡斯!我们不如直接进去吧。

走呀,蒂姆!你得加快脚步。要知道,这银行里一定有某种类型的数学,还肯定会有一台计算机!所以马上去吧。

蒂姆照做了。是谁没有抓紧时间呢,竟然是教授先生!

他只是那样呆立在原地,一直摇晃着自己的脑袋。

"不,我们的小朋友们,请行行好吧,这件事我要拒绝。"

到底怎么了?教授,你难道忘了吗?这次说好了,由我们自己决定一切。

不,他没有忘。他先是指了指自己,然后又指了指我们的身上,说道:

"你们难道没有发觉,我们全身上下直到耳根都脏兮兮的?进入这样高雅而别致的地方,别人是难以接受的。起码我个人的感觉是这样。"说着,他闻了闻西莉娅在他鼻子前晃来晃去的小腿,"好兄弟,我们的身上可臭了。"

"哎呀,我的教授,卢卡斯的这个主意原本多棒啊!难道我们应该转身回去,再也无从知晓银行里的数学都藏在哪些地方?不过就是身上有点脏嘛!太不公平了,教授先生。"

正当教授犹犹豫豫地想怎么回答我时,那扇银行的玻璃门自动打开了。卢卡斯和莱卡站到了门前。是谁蹿了进去,身后还拖着一段绳子?是莱卡这个小家伙!玻璃门又关上了。莱卡在里面,我们在外面。我们得跟进去,教授,而且得马上,你应该很清楚!

玻璃门再次开启了。大家都挤了进去,教授先生也跟了进来。他没有其他选择,因为他要对我们负责。

银行里十分安静。银行的柜台内,有不少职员在工作着,柜台前面站立着许多顾客,他们正在轻声耳语着什么。我还看见四周摆放着沙发、椅子和其他东西,都干净整洁,仿佛

闪耀着光芒。

只有……我们几个人看上去肮脏不堪,莱卡还不分场合地叫了几声。这些顾客被吓了一跳,不约而同地向我们投来了纳闷的眼光,那些银行的职员也伸长了脖子。

"小家伙们,现在请你们脱下鞋子和头盔!"教授命令道。而我也注意到了,既然已经进来,就应该在这里继续待下去!没有人想把我们赶出去,人们要么在窃窃私语,要么在笑。

也许就像教授先生先前说过的那样,这里的人待在高雅、精致、一尘不染的环境里,恐怕从未见过一个只穿着袜子的大人顾客,领着一群赤脚的小娃娃,还牵着一条浑身是泥的肮脏小狗。

老实说,教授先生这回说对了,无论如何,我们几个好像确实不适合待在这儿。自作主张地用数学问题去叨扰别人,就更行不通了!我们中的任何人都不敢这么做。只有西莉娅敢。这些小桌子中,有一张上面放着一个装糖果的碟子。西莉娅总能很快发现这类玩意儿。转眼间,她已经伸手在里面抓来抓去了。请把你的手移开!西莉娅,我们在这儿不受欢迎。

也许还是有一点点受欢迎的?只见一位年轻优雅的男士从后面某一间办公室里走了出来,还朝着我们一个劲地微笑!笑得这样友善的人,是不会把你轰走的。这很明显。他

〈132〉

一定是这里的头儿，这一点多少能从他考究的西服与鲜红的领带上辨别出来。

当他看到莱卡的那副怪模样时，笑得更厉害了。他还挠了挠莱卡下垂的耳朵，这点让我觉得十分友好。

就连他的问题"我能为您做什么吗？"，听上去也是那么真诚，尽管那是他对教授说的。

没想到，教授将我们往前推了推。这个动作意味着，我们必须自己来回答这个问题。快开口吧，卢卡斯，你得担下这件事！来银行找数学，完完全全是你的主意！

卢卡斯嘀咕着什么"胆小鬼"，然后就朝那位系着领带的经理先生大大方方地伸出了手：

"我的名字叫卢卡斯——名字里有一个'C'，而不是一个'K'。我的姑妈嘛，是个在瑞士的银行女职员，可是她从来没和我讲过，她是如何与钱和数字打交道的。我手里牵着的小姑娘名叫西莉娅。"

"明白了，你们大家好哦！"经理先生微笑着说，"我十分愿意帮助你们，随时随地，我的名字是罗尼，对，最后一个字母是'Y'。"

他和卢卡斯握了握手，也和西莉娅握了握手。她的手黏乎乎的，罗尼好像不在意，要不就是他想表示出友好的态度。这一点尤其让我觉得他是一个很友好的人。而且，他还与我们所有人一个一个地握过了手。教授是最后一个。

罗尼邀请我们前往他的办公室,去解答我们所谓的"数学问题"。在去办公室的路上,他悄悄地在裤子上擦了擦手。

哇,他的办公室甚至比外面更高雅别致。一张镜子般明净的桌子上,摆放着两台计算机。不,蒂姆!离它们远点。办公室里还有样式高雅的椅子和一张红色沙发。是谁立马跳了上去?原来是莱卡!那跟着莱卡朝上爬的又是谁?是西莉娅!哎哟,这张大沙发一会儿将变成什么样呀——我们还是不去想为妙。

罗尼经理坐在他的写字桌前,交叉起双手。

"需要我告诉你们什么呢?我很期待。当然,你们可以提出自己的问题,这会对理解很有帮助。"

太好了!就是因为这个,我们才会出现在这儿。

首先是丽莎,她的问题总是最聪明的,这样我们就不会出洋相了。

丽莎有些不好意思地在座位上转来转去,不过她很快鼓起了勇气:

"是这样的!当我把钱存进银行,它就会变成数字。反过来讲,当我去银行取钱的时候,数字又变回了钞票。这一切是什么道理呢?"

罗尼靠在椅子上,想了想说:"真不简单,丽莎,这是我们这个行当里的一个根本性问题哟。"

丽莎不免喜形于色。因为他不但记住了她的名字,还认为她的问题很重要。

"让我说的话，完全是出于实用性的考虑。这么说吧，你会带着一大袋子的硬币到这儿来，是因为你明白，这么一大袋钱假如放在你的床垫下可能会被偷走，将它放在银行里就安全多了。银行会照看它们。

"不过请你再设想一下。假如后来蒂姆、卢卡斯、伊达都来了银行，之后还有其他我不认识的人都带来这么满满的一袋硬币……也许还有纸币，你觉得，这么一来银行会变成什么样？让我用最简单的话告诉你吧：被钱塞满了，简直会爆炸！出于这种考虑，每次你带来的钱都会被柜员一一清点，存入的数目也会被记在专门的纸上。如果，哪一天你想取出你的钱，只须亮出你的那张纸，柜台上的工作人员就会再次将你当初存下的那一袋钱退还给你，不过主要是以纸币的形式。可是要知道，这些纸币已经不是你带来的那袋钱了，它们之间只是数额一致。这也是最关键的一点。我表达得是否清楚？"

"嗯，足够清楚。我想，假如这儿到处都堆积着叮当作响的钱袋子的确很可笑。在纸上写上数字就可以了，也方便人们储存。"我点了点头，说。

罗尼也朝我点了点头：

"因此，在我的银行里，职员们不太情愿去清点——例如总价值 100 欧元的、许许多多的一分钱硬币。即便如此，清算工作仍旧必须由我们来做，电脑在这件事上无法代劳。"

"请允许我插一小句。"这声音来自教授。他坐在西莉娅与莱卡对面的粉红沙发上，只穿着袜子，屁股上还沾满了污渍。

"纸上的钱款记录最初来源于债务证明，距今已有很久的历史。如果急需钱，例如在收成很糟或生意不顺，又或者风暴与海啸将人们的屋子冲走的时候，人们通常会去找一个放款人，这个人借出钱款，并为那个不得不来借钱的可怜人写一张债务证明。

"之后的某个时候，放款人又会将他借出的钱再次收回来。

"这种事，你们是能够明白的，对吧？例如，我借给你一支钢笔，并请你后天放回原处。不过你可能会表示，你愿意带来两块口香糖作为利息，对吧？也许你未必会这么说，但借款人会这么要求。不过他索要的东西不是口香糖，而是除原来借出的那笔钱之外，还要附加一笔额外的钱。因此他会在债务证明上注明这笔钱——通常来说数额不少，在当时，人们会称这类放款人为'高利贷者'。今天的情况在本质上没有太大区别，只不过放款人变成了——'银行家'。"

这段话插得可长了，教授。我想，有些东西一定是"银行家罗尼"不爱听的，对不对？

果然！只见罗尼把他的眼白都翻出来了，说道："如果允许我辩解的话……我们银行家呢，不太乐意被人称为'高利贷者'。当然，借贷的过程是一样的。我们放款人给出所谓的'贷款'——也就是顾客所需要的钱，当然会要求一点利息，即所谓的借款费用，但是会限制在适当的范围里，这点请容许我讲清楚噢。"

这时他站起身来，很快又坐了回去。

"请允许我说明一下。借款人，或者说今天的银行，毕竟在从事着某一种生意，每个生意人都需要适当的收入，不然……他的孩子就要挨饿。我们银行真的非常努力，绝对不会把那些穷困的客户……"

"送向毁灭的边缘……"教授喃喃地说，"可历史上发生过这种事，以前有，现在还是有。"

银行家罗尼伸手理了理自己的头发。他是在大口喘气，还是在寻找词汇？总之整张脸都涨红了。

你们这是在干吗？吵架吗？我们大伙可没有时间奉陪。教授，你曾经怎么跟我们说的？——"互相握握手，世世代代好朋友。"

就是现在，教授，握握手吧！但是他没动弹。我必须叹口气了，好吧，不和好就不和好吧。不过，此刻的气氛其实挺让人兴奋的。大人们吵架的时候，我们总被劝告快点走开，但是现在不用了。

罗尼扯了扯自己的领带，而坐在沙发上的教授擦着他的眼镜。我觉得，这种状况就是所谓的停火或者类似的说法……总之，接下来又会怎样？

噢，终于有人想到了糖果！罗尼跳起身，拿起装满糖果与巧克力的盘子，推到了我们跟前，也推到了教授跟前。我觉得，这就是"和平提议"———对，就是这么称呼的。

"随便拿，多少请吃一点。实在抱歉，我怎么能这么不礼貌，忽视了亲爱的客人呢？"

他重新坐了回去，整了整领带，合上双手。

这些"亲爱的客人"马上动手吃了起来，特别是西莉娅与教授两人。正所谓吃人的嘴软，因为他的嘴里塞满了东西。

罗尼终于可以继续他的话题了。

"现在，大伙已经了解银行作为放款人需要客户还款，并且再加上一点附加费这些情况——正如已经说过的，那是银行的合理盈利。请允许我再度强调，这些额外收费微薄而且合理。"他望向教授。

教授嚼着巧克力，只在镜片后面眨着眼睛。

只听见罗尼迅速地讲了下去。

"但是，反过来说，存款人也能得到一些好处。刚刚在举一袋钱币这个例子的时候，我怎么没有提到这点？我怎么能把它给忘了呢！因为你们把钱给我，一位银行家，钱就能生出更多的钱。通俗地讲就是这样！

"或者说，比起你们给我的钱，你们能取回的钱更多。换个说法，这笔额外的小钱是答谢金，因为你们信任我们的银行，将自己的钱交付给我们而换得的奖励！这笔答谢金，我们通常称之为利息。不过请注意，这里说的利息，银行只是为存款的客户准备着。等到他们拿钱离开的时候，才能获得利息。这番话我没把你们搞糊涂吧？"他担心地注视着我们。

不，当然没有，我们都在不住地点头，当然除了西莉娅和莱卡。他俩在教授身上爬上爬下。而蒂姆这个家伙，老是望着电脑的方向！不要看那里呀，蒂姆，你今天可没有玩电脑的机会。罗尼注视着大家，明显已经进入"讲课状态"了。

"现在你们肯定会问，究竟如何计算利息呢？关于这点，我亲爱的小客人们，这其实是个特别简单的百分比计算。百分比指的是占总量的份额。为了简单表达，我举一个例子：一个人存了 10 欧元，因此除了他的 10 欧元，还多收到了 2 欧元；同理，另一个人存了 10 欧元的 10 倍——也就是 100 欧元，那么他理应收到 2 欧元的 10 倍——也就是 20 欧元作为利息。对那些将钱托付给我们的顾客来说，这是一件令人愉快的事。"

他带着大大的微笑，充满期待地望着我们。

我们则回报以同样的笑容。他很努力地想要为我们阐释清楚，然而在银行这里，数学问题显然不如在工地或者在马克西女木匠和老奶奶阿曼达那儿容易掌握。

不过，数学就是这回事，我现在算是知道了。有时它会让你轻而易举地理解，有时却很难；有时，它们会藏在建筑泥浆或桌子腿里，有时它又像这里的数学，出现在纸张上或在电脑里。

和蔼可亲的罗尼正为他的解说而自豪呢。这解说确实足够精彩，也很老练。不过能不能简单点呢？如果有的话，我想一定出自教授的口中——正坐在沙发上，跟西莉娅与糖果玩得不亦乐乎的那位！

他朝我们眨眨眼睛，开口了："西莉娅，现在我们可以玩些游戏。请你注意，这儿有一堆糖果。不！别抢，等等，现在请你从中数出 10 块糖果给我。"

"不，这些都是我和莱卡的！"西莉娅很不满地尖声叫着，"我一个都不给你！"

"给我嘛，西莉娅，你要明白一件事，我不吃它们，只是用它们来玩游戏。保持安静。"教授说着就把她抱到了自己的膝盖上。

"让我们一起来数 10 块糖果。"

他开始数了起来，西莉娅跟着一起数到了第三块，然后就只是跟着点头，开心地说："好多好多！"

"对！"教授笑着说，"10 块糖果，现在我要将它们装起来。"他说着就将糖果装进了自己的裤子口袋。

西莉娅看起来并不喜欢这样。不过我们喜欢，我们早就理解了，教授在跟她扮演银行和客户的游戏，并为我们演示百分比的计算。

"好了，西莉娅，现在我可以用糖果做游戏了。但是不许吃噢，不然就会少掉几块。对，这些当然都是你的，可是现在不许吃！"

教授对罗尼眨了眨眼睛。嗯，这似乎是一种罗尼不太喜欢的交流方式，甚至我们也不喜欢。因为我们被忽视了，而罗尼又不喜欢。显然，教授与罗尼之间发生了一些我们无法看懂的事情。管他呢，应该也不重要。无论如何，糖果游戏总是很有趣的。

"西莉娅，你看，现在我拿了你的 10 块糖果，到了某个时刻，你可以要回去。不过我们假设蒂姆来了，而且一定要拿走 10 块糖果。这个很好理解，因为糖果确实太好吃了。很显然，他是从我这儿拿走糖果的。但是，亲爱的蒂姆，等我把糖果还给西莉娅的时候，除了原本的 10 块糖果，你还需要补上一块额外的糖果。那么我要问问蒂姆，这样支付了我百分之多少的'借糖果费'呢？张嘴啦，蒂姆，一起来算算吧！"

蒂姆加入了进来，嘟哝着："是百分之十。我爸爸会说，对于这么少的 10 块糖果，你所收的糖果费太多了一点。"

"对，但是，假如我一定要他的蒂姆为借走的 10 块糖果多付 2 块'糖果费'，他又会怎么说？"教授问道。

蒂姆喘着粗气说："这就是百分之二十了，那样的话，我爸爸会很生气。假设你还要求3块或者4块的话，那将会是百分之三十或者百分之四十，不仅是我的老爸，连我都会说，我们不如去另一家糖果银行！"

"不要，不要！"西莉娅以高分贝的声音尖叫，并使劲往教授先生的裤子口袋里掏。

"这些……留在这里！我想要糖果，莱卡也要！"

"遵命。"教授笑着，给她数出了10块糖果，还多放上去2块，"百分之二十的糖果利息哟，挺值的，不是吗？"

西莉娅已经等不及回答他，就狼吞虎咽地吃起来。

"你收了我百分之二十！"蒂姆轻轻地咕哝。

教授耸了耸肩："瞧见了没，这就是银行的生意，蒂姆。叫人付利息时，总是痛苦的，而收利息时，则让人笑逐颜开。我们用数学描述了刚才的整个过程。现在是这样做，从前也是这样做，连最笨的人都不会弄错。"他大声地笑了，为自己最后一句俏皮话有些得意。我们也跟着笑了起来。

不管怎么样，罗尼也笑了。

用足球迷卢卡斯的话来说，罗尼刚才还处在"越位"的位置，但所幸又重新拿到了足球。我们的教授呢，此刻正忙着提防西莉娅和莱卡去动糖果盘。

罗尼靠在椅子上，又整了整他的领带，将它系得笔直。或许这个动作与教授擦眼镜的动作一样，多少能帮助他思考。

"我刚才想了一下，很久以前，当数字在商业活动中还不太重要的时候是怎样的。这让今天的我们难以想象，主要因为电脑的作用不可小视，它几乎接管下了所有最复杂的计算。没有这位好伙计的话，作为银行家的我可能早就出尽洋相了。"他说着慈爱地抚摸着他的那两台电脑。现在一个劲儿点头并充满渴望地看着它们的人，不用说，就是我们不折不扣的电脑迷蒂姆了。平日里，他爸爸几乎不让蒂姆碰电脑。

细心的罗尼显然注意到了这一点。他弯下腰，并问道："你们中有没有人愿意扮演一下银行家？要使用加、减、乘、除、百分比的计算，只要去那里就可以了！"他站起来，指向其中一台电脑。

那个赶紧动起来的人，我不说你们也知道是谁了！蒂姆已经迫不及待地坐上了罗尼的椅子，点击起鼠标来。至于他是不是真的在计算，我们不得而知。我们最好别去看他了吧。

我们仔细地听着罗尼的话，包括教授也在听。西莉娅和莱卡已经在沙发上睡着了，他俩紧紧地依偎在一起，小肚皮里塞满了糖果。吃了那么多糖果，希望他俩没事。

罗尼在办公室里来回踱着步，谁叫他的椅子现在被别人占领了呢？

"我一开始思考的是，在古老的年代，人们如何进行交易？据我所知，最开始是物物交易，比如用三篮大苹果交换

一头猪。那时候的计算得有多不准确啊,众所周知,猪有大有小,分量也因此不同。这些苹果的价值是否完全等于猪的价值,我对此也深表怀疑。那得挑起多少口角、争吵,甚至打架啊?

"与此相比,如今我们借助数字进行的生意就可靠多了。3公斤苹果就是3公斤,50公斤的猪就是50公斤,一点也没偏差。

"1加1,永远等于2,绝不可能成为3。我十分喜爱数字里这种绝对的可靠性。我们每个人在任何情况下,都可以信赖它们。"

他一面说着,一面紧了紧自己的领带。这个动作对罗尼而言,就犹如教授反复擦拭自己的镜片,准备要"天马行空"。但是就当他的脑子将要"策马奔腾"的时候,教授一把将他的缰绳给拉住了——假如可以这么形容的话。教授跳了起来,挥舞着手臂:

"这一回我完全同意您的见解！有了数学，人们就能计算！数字是没法模棱两可的，找不出比数字更值得信赖的东西了。"

"说得不能更对了！"罗尼大喊着，顺了顺自己的头发，"当我还是个孩子的时候，就对无边无际的数字世界心驰神往，上上下下的计算使我无比激动，尤其是当那计算与金钱联系起来时。所以我选择了银行家作为我的职业，这正是我梦想中的工作呢。"

"我也是！"教授激动地说着，拍了拍他的肩膀，"不过相对而言，当时的我还是更喜爱数糖果。遇见更复杂的计算，是很后来的事了。可是后来怎么样呢！我来告诉你吧，天文物理学家是我的梦想工作，可这份工作实在把人累得够呛！因为上上下下的计算没完没了，而且，每一次小小的计算失误都可能导致不小的灾难。"

"可不是嘛！"罗尼说着也拍了拍他的肩膀，"你能想象假如我在客户的对账单上多加或少写一个零的话，会带来多么可怕的后果吗？只要有那么一次，客户就跑了，发生两次的话我的工作也一定丢了。这是多么巨大的灾难！"

"不过请您现在设想一下，"教授有些不服气，"有艘宇宙飞船要发射入轨道，有人却在电脑上犯了个计算错误，哪怕是一个极其微小的错误，接着会发生什么呢？我光是想想，就能紧张得起一身鸡皮疙瘩！我们的宇宙飞船连同宇航员会

〈145〉

整个地栽入海里,一切都完蛋。无法形容的大灾难!"

没错。可现在到底怎么了?!罗尼与教授竟然在那么雅致的办公室里,你来我往地互相攀比"计算事故"!难道这是在打一场"数学灾难"乒乓赛?

谁能想到,刚刚几乎要吵起来的两个人,现在互相拍起了肩膀。教授常常是怎么说的?……我想不起来了,不过这真让人吃惊。

原来数学不仅提供了数字,能上上下下地进行计算,还让教授有了数学盟友。而且这两位盟友已紧密地团结在一起了。嗨!我们还在这儿呢!

可惜,他俩显然忘记了这一点,又凑在一块较上劲啦。

"还是让我们统一一下观点比较好。要是我说,数字是可信的,但如果被放到了错误的地方,它们也会是无情的,怎么样?它们会毫不留情地指出我们犯的错误,白纸黑字,无可狡辩。"教授说。

罗尼赶紧点了点头:"关于这一点我很赞同。不过,错误不错误先放一边。我们银行会给数字上色,就是用黑色与红色。你们应该知道的。"

"是呀!"教授咯咯地笑了,"这是一个很聪明的做法,用黑色的数字让客户们高兴地尖叫,用红色的数字让他们意志消沉。"

罗尼听了,笑嘻嘻地附和道:"说到消沉,形象地讲,我们银行家会在你消沉的时候,立刻递上急救之物——确切地说,是一笔注入资金、一笔贷款什么的……"

"那是将你们的生意体面地'包装'起来!"教授继续不饶人地打趣他。

哎呀,又要斗起来啦,教授!这样真的没意思。你和罗尼合得来固然是件好事,可是能不能带上我们一起玩呢?西莉娅和莱卡两个小家伙已经开始打盹,而蒂姆刚在电脑上刺杀了一条恶龙。但我想,丽莎、卢卡斯和我都会很乐意听你们详细解释一下,所谓的"红色"与"黑色"究竟是什么意思。不妨说给我们听听?

"啊哈!"这个问题让如梦初醒的教授挠起了胡子,"我是不是从你的语气里听出了不满?你们该不是觉得受冷落了吧?"

当然觉得,教授,我们就是受冷落了!我们乖乖地坐在椅子上,像被钉子钉住一样,而你俩仍旧在那里彼此打趣地寻开心。真是气人!

不过,是谁率先道了歉还马上朝我们走了过来呢?是罗尼!

"别生气了,我们刚才确实把你们晾在一边了,我们十分抱歉,起码我表示抱歉。现在回答你们关于'黑色'与'红色'的问题:当一切情况正常,我们银行用黑色来标出你账户中的总金额,数字就是你的钱,也就是说,此时你的账户收支平衡，你是盈利的。但假如你的账户里的钱支出大于进账，数字就会变成红色，意思是你用了太多钱。这时你的账户不再收支平衡，你在亏损。长期下去，你在银行就会有债务。这种情况下，一般会向客户借贷一笔钱，用我们的行话说，就是注入一笔新的资金……"

原来如此，好吧，罗尼，又提到这个话题了，我们其实也听明白了——你们在争吵利息的时候，我们听得可仔细了。"但有一件很滑稽的事情，"我说，"不知你们注意了没有，黑色原来是表示悲伤的，而红色才意味着喜悦。可在你们这儿，颜色的意义正好相反，那又是为什么？"

我刚提出这个问题，就觉得听起来挺蠢，因为卢卡斯和丽莎马上做出了回答。不过我觉得，他俩的回答多少有些乱，条理不清，态度也不够友好。

"红色是信号色，这谁都知道。交通灯上的红色意思是停止，这一点甚至连西莉娅都知道。"

"滴嘟滴嘟，消防队是红色的，它表示有不好的事情发生了。"

"血是红的——当你去了医院，当血从你身体里流出来的时候，就能看到！"

"作业里的错误总要用红色标出来，尤其是在你的作业本上！"

"小红帽！"西莉娅叫嚷着，她已经醒了，正从沙发里爬出来,"她把大灰狼给吃掉了。莱卡现在肚子有点疼,我也是。莱卡想要跑,我也想!"

你把这个童话故事给记错啦,西莉娅,是大灰狼吃了小红帽,你弄反啦。不过你们是得马上逃跑,至于肚子痛什么的,该去向你的姐姐求助。

"听,这就是起跑的信号!"教授立即发号施令,"现在请穿上鞋子,戴上你们的头盔,别忘了你们的'谢谢',别给我丢脸噢。"

"再等一等!"罗尼说完,消失了片刻,再次出现时,抱着满满一怀的小猪存钱罐,是天蓝色的呢。他给每个人手里塞了一只,包括教授也是。

"今天与你们的谈话很愉快,请帮我好好喂养这只'小猪'吧!"

这下我们本该洪亮地喊出"感谢",却都哈哈笑了起来。他太有趣了,而这些免费赠送的小猪看起来也无比滑稽可爱。

罗尼将我们一直送到了自动玻璃门口,还在我们身后大声地说:"等到哪天小猪的肚子满了,请将它带来!我们一起数数,存下了多少硬币;然后我会为你们办一个儿童账户,在存折上印上好看的数字——对,黑色的数字。当然,我们也永远期待教授的再次光临!"

不过他说这话时,大伙已经走出了银行,身后的玻璃门也关上了。咦,不知为什么,西莉娅的肚子不疼了。我想,可能是她的蓝色小猪存钱罐把她的"肚子疼"给一口吞掉了吧。

喔,罗尼现在是不是正对着脏兮兮的沙发生气呢?

不会的,他那么好,想必不会为这点事不开心吧!

第九章 她是否知道，
自己正在小提琴上"演奏数学"？

出了银行，来到马路上，教授先生终于舒展了手脚，打着哈欠说道："朋友们，现在是不是应该去一处绿树成荫的安静地，享受一下没有数学问题打扰的休息，想一想就十分舒服哇！我要在那儿躺一会儿，晒着太阳，抽一支雪茄……你们呢，也放空放空已被塞满知识的大脑。对了，假如蒂姆还有饼干之类的存粮——虽然我对此报以怀疑，你们也能借机喂饱自己。主意如何？"

嗯……听起来可不怎么好，但既然是教授先生的意思，就同意了呗……毕竟他是上了年纪的人，想要休息一下也很正常，我们得多照顾他才是！好的，教授，就听你的，我们上路吧!

可是他没有动弹,只是挠着自己的胡子,又开始了新一轮的"数学牢骚":"听听!听听,我刚才到底说了什么胡话!远离数学、绿树成荫的地方?那种地方根本不存在。出生在公元前五百七十年左右的毕达哥拉斯,一个和欧几里得一样、不折不扣的数学迷,你们知道他是怎么想的吗?他说所有事物的本质——都是数字!他在任何地方都看到了数字,甚至在看似毫无数字痕迹的大自然中。他曾说过,数学是大自然的语言!这个人到底有没有夸张呢?你们对这个问题怎么看?"

"不,我觉得他并没有夸张。很清楚,我们可以为大自然中的一切计数,不管是树上的树叶、森林中的树木,还是一个蜂巢里的所有蜜蜂腿、沙滩上的小石子等。不过,我们通常不会这么做,因为它们的数量实在太多,像天空中的雨滴和云彩永远数不完。假如非要这么做的话,实际上也可以……我只是那么一说。无论在什么时候,你想用上数学总归是可以的,我想,那个叫欧几里得的人也这么认为!不过,也许他只是数树木的数量,而没有数一棵树上树叶的数量吧。"我说。

"完全有这个可能,伊达!"教授这么夸奖着我,点头表示认可,"行,我收回那句'远离数学的地方'的蠢话。我们继续向前走吧,反正大自然里的数学总不会发出什么噪声来打扰人。现在可以上路了吗?"

早就可以了,教授,我们一直在等你呢。没瞧见吗?莱卡和西莉娅已经跑开了。他们都很清楚应该朝哪个方向跑。话说,当然是朝着那个摆放着沙箱和长凳的小公园咯。因为只有在那儿,小狗莱卡才能撒开腿自由地奔跑,而西莉娅可以去挖挖沙子,翻翻跟头。据我所知,她以前经常会跟着姐姐丽莎一同去那里,今天她跟我们大家一起去。

说不出为什么,我们这群人现在在大街上排队溜达的样子,看上去相当好笑。反正我是这么觉得的!你瞧,头上都戴着黄色的头盔,耳朵后面搁着粗粗的木匠铅笔,现在手里又多了胖乎乎的蓝色的小猪存钱罐。

假设不是我,而是其他人,看到这幅情景,都会相当吃惊!我可能会想,这群家伙怎么会这么邋遢,身上还脏兮兮的呢!他们一定经历了什么惊心动魄的事情吧。还真说对了!这惊心动魄的事情,不就是去理解数学的奥秘吗?伊达呀,你现在可不要慢吞吞的,快跟上大家的队伍吧。

突然教授先生停下了脚步。他将食指高高地举起,并且激动地喊出了声:"汉问,我听到了数学!"

怎么可能?但很清楚,确实有一些声音传入了我们的耳中,但那只是音乐!

只见在公园远远的角落里站着一位年轻的姑娘,在她的小提琴上演奏着街头音乐。

"毕达哥拉斯！我要说的正是这个！"教授喊了起来，不由分说地冲了过去。

我们也跟随其后。大伙早已明白，每一次他这样心急火燎地跑起来时，一定是有充分理由的——只不过我们往往不清楚这个原因。就像这次！

"你们听我说，毕达哥拉斯这个人曾有一些疯狂的念头。他认为音乐和数学是紧密相连的。"教授一边跑着，一边气喘吁吁地说，"他断定，音的高低取决于振动的琴弦的长度。也就是说，弦越短，振动发出的音就越高。这样毕达哥拉斯就明白了，通过简单的数字可以记录不同的音高。太疯狂了！大家能跟上我吗？"

哎！脚步是没问题，脑袋嘛，很勉强了。

转眼之间，我们随着教授来到了这位女音乐家的面前。我们立刻发现，她并不是德国人。她个子矮矮的，也挺苗条，浅黄色的皮肤，一双斜斜上翘的眼睛黝黑黝黑的。她一面奏出那美妙的旋律，一面朝我们微笑。我想，她一定来自中国，那音乐……却不是中国的音乐，因为它听起来似乎有点熟悉——我仿佛之前在哪里听到过！

"是莫扎特！"教授小声说了一句，语气中流露着虔诚，然后交叉起了双手。

这时候，莱卡蹿了出来，不太虔诚地嗅了嗅那个放在地上的提琴盒。琴盒里已放着一些钱币，不算多。莱卡对着它嗅来嗅去，转悠个不停；西莉娅立马跟着跳了过去。不过这次，她表现得比较安静，并没有尖叫，而是跟着节奏一蹦一跳。这位中国小姑娘低头朝西莉娅笑了笑。我觉得，在某种程度上，她也算是在为自己奏出的音乐而微笑。不过她是否清楚，这音乐也蕴含着数学呢？

不管怎么说，教授先生是知道的。他不想干扰美妙的音乐，便压低了声音，和我们窃窃私语："每一段音乐都由各种音调构成。关于这点，我想你们或多或少都知道一些。音阶是什么呢？但愿你们在音乐课上学过了。一条遵循规则的音阶，到底是怎样的呢？是音级以完全相等的间距排列着，也就是说，可以1、2、3、4这样数出来。然而，到了每条特定音阶里，音级的距离并不均等，那是因为它的内部出现了全音或半音两种距离。需要注意的是，音阶是不会把人绊倒的，它既可以往上走，也可以往下走。每一条音阶正好含有八个音级，它们从最低到最高，代表着八个不同的音调（最后一个音调回到了第一个），准确得很，毫无差错。音乐中相邻两个台阶之间的距离被赋予了一个名字：音程。这些你们可以记在心里，就算记不住也没有多大的关系……

"我真正想要告诉你们的是，音乐中也能做计算呢。没错！不单单节拍可以数，甚至短暂的休止时间也被严格地计数。大家觉得怎么样？一般不会觉得有谁在交响乐团里做着什么计数工作。但是，我们举个例子，当那些小提琴手优美轻柔地演奏到乐章中的某个位置时，忽然很突兀地响起了一记定音鼓的敲击。发生了什么？原因可能是这位鼓手弄错了，他本应该在第 25 拍而不是第 22 拍的时候敲鼓。你们瞧，音乐的语言就是如此严格。话说回来，当人们真正掌握了它之后，就会发现它实在太美妙了。嘿，拜托！你们究竟有没有在听我说话呢？"

当然在认真听，教授先生，但是我们更多是在聆听那位姑娘的小提琴声呢。她演奏的音乐如此美妙，而她在演奏的时候看起来又是那么漂亮、那么幸福，仿佛她与她手中的那把小提琴是最好的朋友。

我还有一种错觉，仿佛自己可以一直站在这里，倾听这美妙的音乐，欣赏小提琴手的优雅动作。丽莎、蒂姆和卢卡斯三位，此刻一定也是这样想的吧。大家不再手舞足蹈，也没有一星半点的争吵和抱怨。大家紧挨着站在一起，丽莎甚至还牢牢地握住了我的手。

"假如……音乐是爱的滋养，那么请无论如何继续演奏下去吧。我的心已深醉其中。"教授先生这样嘟哝着，用胳膊搂抱着我们喃喃自语，"这是莎士比亚先生说过的话，哎，这个莎士比亚嘛，不是数学迷，而是一位上了年纪的英国诗人。"

即便是我们的教授也已经领会到，现在需要的是聆听。他脑袋里的天马行空，可以好好地歇一阵啦！接下来的时间里，我们一起聆听着琴声，仿佛时间无声地流逝了很久。

好吧，假如音乐中也藏有数学，我觉得，恐怕正是这些美妙的音调赋予了它神奇的魔力。

一曲已奏完。小提琴家将她的乐器放了下来，并朝着我们淡淡地微笑。在笑的时候，她的眼睛眯成了一条缝，然后鞠了一躬。我们所有人都为她鼓掌喝彩！只有西莉娅没有。

只见她一个劲地拽着小提琴家的T恤说道："我想要唱歌！我的名字叫西莉娅，你的名字又叫什么呢？"

年轻的中国小姑娘还是那样微笑着。我注意到一件事，她并不太理解西莉娅的意思是希望知道她的名字！其实，我也希望知道她的名字。现在我该怎么办，她所使用的并不是我们德国人的语言。但我们有一种共同的语言，它就是音乐。还是卢卡斯最机灵！卢卡斯直接将西莉娅抱了起来，举得高高的，然后大声喊出了她的名字："西莉娅！"

哇，真是一个不错的主意呢，卢卡斯！我本来也能想到这招的。只见这位漂亮的小姑娘立即向前鞠了一个躬，微笑着回答说："陆！"

"露露！"西莉娅欢快地高声回应道，一边挣脱着卢卡斯，一边喊，"我要下来，我要和露露一起唱歌！唱那只坏狐狸，它做了一些坏事，活该挨揍！"

教授不由得大笑："好吧，就让我们随着陆姑娘的琴声来唱这支歌吧，西莉娅，这样总行了吧？"

西莉娅点点头，表示同意。可是，她的"露露"姑娘到底是唱歌还是拉琴呢？反正对她来说，都是一回事。但是陆姑娘知道这首德国儿歌吗？不出所料，她知道的！因为当教授先生哼出一小段旋律时，她就开始微笑着点头，然后将小提琴举在了下巴下。

哇！太好了。这一点我本来也应该想到的。既然如此熟悉莫扎特，那她一定也熟悉那只偷鹅的大坏狐狸。我们在场的小朋友都很熟悉那首歌——尤其是丽莎。为什么？这还用问吗？要是你整天被西莉娅那样的小矮人黏着，你也会熟悉每一首儿歌的。

"我们的朋友，那就开始吧！"教授先生大喊道，率先大声唱了起来：

狐狸先生，
你把大白鹅偷走了，
请务必将它还回来，
请务必将它还回来，
不然的话，你猜会怎样？
那带着一把火枪的猎人呀，
那猎人呀，一定会将你收拾掉！

大伙都在唱这首歌，有的人小声哼着，有的人哇哇地喊叫着，还有的人则是叽叽喳喳的，听起来相当不协调。在这

参差不齐的歌声中,陆姑娘的小提琴声听起来毫无疑问是最美妙的。

"现在让我们来看看这首歌中的数学。"教授先生说,"很快,你们就会明白——你们是如何在没有注意到的情况下,将数学唱出来的。有人还记得前面所说的,关于音阶的内容吗?一条简单的音阶含有八个音调,也就是八个音级。我们来看看,怎样将狐狸和大白鹅放进去。我们来爬台阶,想想

看，在爬台阶的时候是不是既可以向前跳几级，也可以向后退几级。

"现在我们从头再唱一遍。不过我们不唱歌词了，我们给每个音调一个数字。准备开始，请集中注意力，我们要来爬台阶了！"

真的吗？这样可行吗？希望我们不要再出洋相了。虽然教授这次不会陪着我们唱，但是他会用高高举起的手指示意我们应该唱出的数字，显然，这就让一切变得简单许多！

1-2-3-4-5-5-5-5；6-4-7-6-5；6-4-7-6-5；5-4-4-4；4-3-3-3；3-2-3-2-1

哇，成功了！真的呢，旋律里的每个音调都有一个特定的数字。也就是说，在这条"音乐阶梯"上，我们先往上一级一级地走，然后往下跳两级，接着再往上，有时我们得在一级台阶上原地踏步好一会儿，再直接跳到另一级台阶。哇，教授先生，还真是有乐趣十足的小游戏呢，可以再玩一遍吗？

我觉得大概是不行的，因为教授先生又在擦拭他的眼镜了。显然，接下来他该进行详细解释了。很可惜，我们漂亮的陆姑娘可能听不懂。不过，她也许早就熟悉音乐中的数字规律了吧？她可是一位专家啊，这能听出来，她的演奏从来不出错。

"现在人们对音乐语言已经达成了共识:将音符以字母来标注,而非数字。其实这件事,恐怕你们早已熟悉。例如,大调音阶是以……"

教授先生的话还没说完,就被卢卡斯打断了,他直接将答案喊了出来:

"是以 C 开始的,接着是 D、E、F、G、A、H[①],最后又回到了 C。这代表一个八度,因为里面包含八个音调!这些我老早就在竖笛课上知道了!只是因为……现在戴着这傻傻的牙套,我没法将它们完美地吹奏出来,因为……有太多的口水了……"卢卡斯耸了耸肩膀,抱怨着。

我们的"教授爸爸"见状,赶紧又安慰起来:"哎哟,卢卡斯,我的好孩子,今后你会再次拿起你的宝贝竖笛的。到时候有了整齐的牙齿,你就能没有口水地吹奏它了,对不对?"

"还是别了!"卢卡斯嘀咕了起来,这回他龇牙咧嘴地笑了,"现在我感觉玩足球更有意思!有没有口水,在足球场上是无所谓的。"

"对,本该想到你会这样想,我的好兄弟!"教授先生也笑了,然后敲了敲卢卡斯的头盔,"正所谓,每个人都有自己

[①] 在德国,音名体系与其他国家略有不同,习惯于用字母 H 代替 B,而 B 则一般指降 B 音。

的口味。但是我无论如何都无法放弃音乐，因为它是唯一能越过所有阻碍、打动所有人的一门艺术。你们这样想吧，假如一本书读得无聊了，我可以很干脆地合上它。图画呀、雕塑呀之类的东西，我不想看就不看了。但在音乐面前，'关掉耳朵'却做不到。再说，我认识到了音乐中最纯粹的数学法则后，就不免感到了更大的兴奋和痴迷，毕竟，数学本来就属于我工作的一部分——哎，这些只是题外话。

"既然卢卡斯已经谈到了音阶的话题，那就让我们继续说下去。在一条音阶上，各个音阶之间的距离是不同的，在音乐语言中我们称之为音程，而每个音都能得到一个相应的数学位置。"

只见教授先生的眼镜片正在闪闪发光。他展开了双臂，笑容满面地注视着我们：

"数学一直存在于音乐之中，只是它并没有凸显自己，而是停留在背景中。假如我说，在音乐中，数学给自己披上了一件隐身衣，使我们旁观者只能听到一点点动静，却无法准确捕捉到它的动作，你们同意吗？"

我们当然同意，一如既往！

不过，教授先生，现在我们还能再唱点什么吗？你听，陆姑娘又在演奏欢快的曲调了。

教授仔细倾听了一会儿，激动地喊出了声："哇！这次她演奏了一首圆舞曲，一种四三拍的舞曲呢！听，1-2-3，

1-2-3；朝左转，朝右转，然后抬一下腿！"

他说着，将手臂摇摆了起来，一会儿向右，一会儿向左。突然，他到底要做什么？哦，他向我深深地鞠了一躬："你好，亲爱的伊达，我能邀请你跳舞吗？"

哦，还是不要这样了，教授先生，我可不是喜欢跳舞的小红帽呀。再说了，跳舞什么的，我也很不擅长，拜托，在这种场合实在太让人难堪了。蒂姆和卢卡斯在一旁咯咯地笑着，丽莎也向我投来了生气的目光……突然，我又想去试着跳跳看！

教授先生直接用一只手臂环住我，另一只手牵起了我的手，我们旋转起来了……对，他就和我在这公园的小径上旋转着。教授还一面随着旋律大声哼唱，有些地方他会喊道："1-2-3，我的伊达，1-2-3，听见了没？这就是节奏。音乐中的节奏，如同一台计时器，必须严格遵守。不然的话，就很可能踩到你舞伴的脚！"

假如我还能自如地喘上气的话，我一定会大笑。因为刚刚他就踩到了我的脚！不过，关系不大，我还从没想过和教授跳舞会这样有趣！而我做梦也没想过能和教授跳舞。

没有什么尴尬的，我能准确察觉到陆姑娘奏出的圆舞曲中隐藏的数学"1-2-3"。不是吗？三拍的节奏再清楚不过了。我的双脚，不由自主地随着这样的律动跳起来——我仿佛可以与教授永无止境地跳下去。

我也暗自在想，这时丽莎是不是挺嫉妒的？不，她才没空呢，她也跳起了舞——与卢卡斯和西莉娅一起。但我感觉，那更像一种圆圈舞，就是三个小孩拉着手跳的那种。一定是为了让西莉娅高兴！蒂姆正随着圆舞曲的音乐，在背包上咚咚咚地敲个不停，倒也相当准确地落到了拍子上！

如果有人见到了我们现在的这副模样，一定会认为这群人真有趣。还真说对了，包括陆姑娘在内，大伙都玩得十分畅快。不过恐怕没有人能猜到，实际上我们是在跳一种"数学舞"！哎呀，这回对不起，教授先生，我踩到了你的脚背。要怪的话，只能怪我过分沉浸在关于数学与音乐的思考里……

恰恰在这时，陆姑娘的小提琴声停下了，这首圆舞曲收尾了。真可惜！这时的教授早已经跳得喘不过气来了。他气喘吁吁地放开了我。我觉得……太可惜了……

拿着提琴的陆姑娘微笑着鞠了一躬。教授和我们一道向她响亮地鼓起了掌。显然，她值得这样的掌声。

她与她的小提琴完美地让我们体验了一种前所未有的舒适感——犹如从头到尾被洗净了，或者说精神境界被提升了……如果换一种形容——音乐即便停下了，每个人好像依旧在心里舞蹈着，互相微笑着……教授先生还神神秘秘地说了什么？"假如音乐就是爱的养分，那么……"现在我总算知道他说这话的意思了，所以才会有那样默契的微笑！

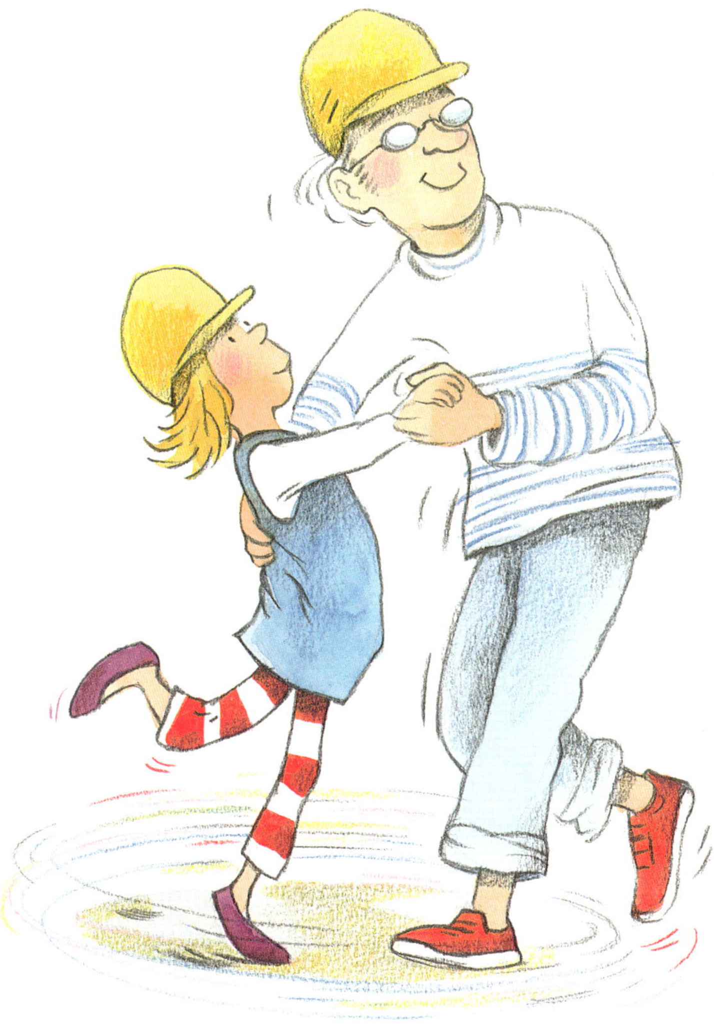

我们彼此紧挨着，蹲在小路边的台阶上。只有西莉娅一个人还在忘我地舞蹈着。假如，我们把莱卡那种兴奋地蹦蹦跳跳也称为跳舞的话，那它也在跳着舞呢。陆姑娘保持着她中国式的淡淡微笑又演奏了一段旋律，这段旋律在音阶上跳上跳下。

教授先生的"理论课"再次开始了：

"你们注意到了吗？你们刚才是按照音乐的节奏跳舞、击鼓的，其实你们谁也没有事先听过这首欢快的圆舞曲，对不对？可以从中得出什么结论呢？我们每一个人都被赋予了某种与生俱来的音乐节奏感，还有与此相关的数学节奏感，这是我们可以得出的结论。每个人都能强烈地察觉到旋律中的节奏，也就是上一个音符和下一个音符之间的相等时长。好了，假如我将这种思路展开……"

"也就是说，这一切能够这样描述：我们在不了解旋律的情况下，感受着音乐中的数学。"丽莎打断了教授的话，也将手放在了教授的膝盖上。

哼，我看得很清楚，他允许她这么做，但这次……就随她去吧，我不也和教授跳过舞了吗？而她没这份荣幸。其实我早就领悟到了音乐中的数学，但是，我才不会说出来。算了，大家毕竟还是好朋友，起码我是这样想的。丽莎显然没有想那么多，因为，马上她就应该继续扮演"最聪明者"的角色了。

她将自己的想法娓娓道来:"因为数学里存在严格的法则,例如数字,没有什么是模棱两可的,在音乐中也是这样。每一个音符应该在什么位置,都确定无疑。而数学的作用,是将这个音符从幕后'扑通'一声,推到它该在的位置上。"

"丽莎,我亲爱的孩子呀,我实在应该表扬你。"教授喊道,然后一跃而起,"你不仅思考得非常对,表达得也相当好。照着你的思路再进一步推进,我可以这么说:假设在旋律中的一个音符没有处在它应处的位置,而是歪斜了一点,也就发出了不标准的声音——音高了或者低了,再或者,没有保持拍子之间的距离,节奏不是快了,就是慢了……我们马上就能听出来。我们既不用看那段音乐的乐谱,也不需要熟悉那段旋律,就能做到这点。当然,乐谱始终可以给出很明确的指示,大可放心。一旦我们的耳朵里出现了不和谐的噪声,那就说明演奏出错了。"

"如果我听出音乐中的数学突然不太对……"丽莎揪了揪自己的头发,然后喃喃自语,"是不是意味着,我可以在乐谱上找到证据?因为乐谱上肯定是对的!"

瞧,假如这儿有一个头脑最为清晰的人,那一定是我们的丽莎了。然而,对不起,我这边还有一个"但是"想说,那就是:"但是在你的眼睛读到乐谱之前,耳朵已经捕捉到那个音了!你的耳朵反应更快啊,丽莎!"

卢卡斯此时用他那咯咯咯的笑声掺和了进来,说道:"丽

莎呀，你的耳朵里塞的不是棉花，而是数学吧！"

丽莎，别生气，但是对不起，我们都忍不住笑了起来，包括教授也笑个不停。丽莎呢？她也随着大家一起笑起来。我想如果没有音乐的话，她绝对不会这样的，绝对！卢卡斯早就被训斥了。不得不承认，音乐在我们身上施加了奇妙的魔法，我们的教授也不例外。

只听见他（教授）冲我们吹出了一声口哨，满怀喜悦地说："好吧，孩子们，我真想亲亲你们。扔给你们一点小面包屑大小的信息，你们就能用它烤出蛋糕那么大的成果！我真是爱死你们了，快过来让我抱抱。"

可惜，他的这些话不是认真的，因为还没等我们反应过来，他便忙不迭地继续说了下去：

"我们最棒的丽莎，还带来了一个关键词，那就是'乐谱'。即便一个人不能像音乐家那样读谱，他见到乐谱后，也能立马感觉到上面充满了各式各样的严格规则。现在请看过来！"

他冲着陆姑娘耳语了几句，陆姑娘也朝教授耳语了几句，之后点点头，微笑着递给了他一张乐谱。

咦，奇怪，教授究竟和陆姑娘说了什么悄悄话？一定不是中文，教授老早就向我们坦承他不会中文。

"他说的是英语哟，伊达！"卢卡斯对我悄声说，"我在美国有一个叔叔，do you know？"

原来如此，我知道了，教授会说英语，陆姑娘也会说英语。她本该告诉我们的，这样，她就能和我们进行语言上的简单交流了。我们几个或多或少都会几句英语。

卢卡斯迫不及待地想证明这一点。他朝着陆姑娘喊了出来："good morning！"

陆姑娘听了，一面微笑，一面挥动着她的琴弓回应。

卢卡斯立刻骄傲了起来，他朝着陆姑娘挥手致意，更加骄傲地朝我们挥手。

这时大家没注意，教授已经将那份乐谱在我们面前的小路上铺开了：

"现在，请把你们的小脑袋凑过来吧，能不能看清呢？这就是乐谱，音符整齐有序地排列在设计好的线条上，也就是人们常说的五线谱，那些音符在五线谱上爬来爬去，一会儿爬得高一点，一会儿爬得低一点。看这儿，这些音符自己也有一条小线段，要么在上面要么在下面！你们看见了吗？"

他拍了拍谱子，接着讲："当然，五线谱上一直有严格的规则，例如，没有哪个音符能从线条上蹦跶出去，音乐中的数学是不允许这样的情况发生的！你们瞧见过蹦出去的音符吗？没有，根本不可能。每一个音符的头，就是音符所在的地方，都对应着一个特定的音调。我们的陆姑娘可以完全信任它，因为这就是我们所说的数学，十分值得信赖，而且永

远如此。"

说完这些后，他又晃了晃手中的乐谱，笑着补充了一句：

"要是你们觉得我烦，请提醒我吧。我总是重复'数学是多么可靠''它在我们生活的许多场合中都很有帮助'之类的话。好吧，我又烦人了，可是……"

他朝四周看了看，然后皱起了眉头。他是不是在寻找什么呢？他只有在担心的时候才是这副模样。

"告诉我，我们那个小小的'蹦跶者'——西莉娅究竟在那儿干啥呢？"

这个小家伙的确蹦跶走了，现在我们看到她了，更确切地说，我们是听到她了。在这条小路的尽头，她在一堵矮墙上一边跳着舞蹈一边唱着歌。可我感觉那不是真正的儿歌，那音调忽高忽低，完全错乱。莱卡呢，在矮墙下陪着她，一面跳着它那兴奋的小狗舞蹈，一面跟着她的歌声吠叫。

教授，你不必担心。看，陆姑娘正拿着小提琴，跟随在西莉娅的身边呢。只是她现在没有演奏，而是倾听西莉娅所唱出的歌。我想，即便在中国，人们也会去看护被姐姐忘记了的小孩。抱歉，丽莎，但你这次难免做得有些不太好，不过我会帮你弥补的。对，我去将小宝宝重新带过来，好不好？

但是就在这时，西莉亚已经和陆姑娘牵着手蹦跶了过来，只听见两人又开始唱歌了。这一次，旋律听起来十分陌生，特别是陆姑娘唱出的。

一定是中国的音乐！

"每个民族在每一时代都有它独特的歌唱和舞蹈方式，"教授这么说着，将嗷嗷叫着的莱卡抱到了怀里，接着说，"自从人类发现他们可以'说话'，那种音乐表达，实际上是人们的一种原始需求，很早就存在了……哎，我说莱卡呀，你赶紧把小嘴巴移开吧。"

说着，教授就将莱卡塞到了卢卡斯的怀里。

"但直到几千年之后，人们才意识到，音乐实际上也是遵循着数学法则的。前面我说过，那个名叫毕达哥拉斯的人，你们是不是还记得呢，他相当厉害，对不？"

"不，他只是一个数学狂人！"卢卡斯笑着说，但这次只有蒂姆跟着一起笑。从教授的镜片后面闪出了奇特的亮光，显然是他等到了期待中的回应。做得好，卢卡斯！

但说实在的，这种回应的难度还真不低！毕竟莱卡和西莉娅还在我们旁边"唱"个不停，陆姑娘也在一边唱着什么……可是，教授对这乱糟糟、闹哄哄的环境并不在意，而是自顾自地再一次开始了他的天马行空：

"说到音符的声响，它们一会儿高，一会儿低，可以单独唱出，也可以许多合在一起发声。人们会使用简单的乐器奏出来，在笛子上刻出间距相同的孔，然后用手指按着或不按着并吹气,就能对应地发出不同的音高。总之,数学随时随地存在于音乐之中。有时它可以作为时长的标准,有时则给出了频率的标准。频率又是什么意思?频率是乐器的振动程度,决定了音调的高低,其中牵涉到许多纯粹的、能够被详细计算的数学问题。好了,好了,如果我再补充两句话,那就是:音乐这门语言,永远都是国际性的,和没有国界的数学是一样的!你们应该还记得我说过类似的话,那么现在……"

他深深吸了一口气,然后笑着说:

"你们垂垂老矣的教授先生又要再次苛求你们了。请告诉我,你们觉得我说得对吗?"

关于这一点我们不太清楚,教授先生,抱歉,我们刚才没有很认真地听。你是知道的,莱卡、西莉娅和陆姑娘三个人的合唱太响了,这回还加上了小提琴的伴奏。

"这音乐不难听,可未免嘈杂了一点。"教授先生拍着手,大笑道,"我来吹响出发的号角吧,我亲爱的音乐家们!"

于是,卢卡斯抱起了西莉娅,而我牵起了莱卡,蒂姆也再一次背上了他的背包。瞧,蒂姆的背包可以说背就背,但西莉娅和莱卡不行。他们到处乱窜,不是伴随着那首中国歌曲的律动,就是不断发出吱吱嘎嘎的噪声与此起彼伏的吠叫。他们跟陆姑娘在一起的时候,可比跟我们在一起的时候要开心!

此刻，丽莎必须说一句来自姐姐的、有分量的话。对，应该这样说："注意，所有的小矮人请立刻安静，因为这是白雪公主下达的命令！"

果然起效！所以现在我们的白雪公主丽莎可以一手牵着乖乖的小矮人，另一手牵着绳子了。

终于，我们的教授先生可以不受干扰地给出他的总结陈词了。

"我还想要说的是，"他一边扛起了背包，一边说，"我确实希望在这里，在这位有着音乐魔法的陆姑娘的帮助下，让你们理解音乐与数学之间存在的联系。假如谁质疑这一点的话，你们完全可以大声地嘲笑他。不管怎么说，你们毕竟能比别人更好地理解这些，对吗？最后，让我们衷心地感谢一下我们的女音乐家吧！快去用你们的各种好东西填满她的琴盒！她所做的一切，完全值得被这样感谢！"

没错，这一点是我们很乐意去做的！转眼之间，陆姑娘的琴盒里就噼里啪啦地响了起来，里面有蒂姆的饼干、丽莎的糖果、卢卡斯的口香糖、我的两个苹果和教授先生的两枚硬币。西莉娅和莱卡当然是什么也给不出来的。

正当没人注意的时候，西莉娅又将琴盒里的那些糖果扒拉了出来，莱卡也立马将饼干拖了出来。看来，我们得提防他俩进一步的举动！

陆姑娘微笑着，深深地向我们鞠躬，然后轻轻挥动着她的琴弓,向我们告别。

卢卡斯还沉浸在刚才的音乐里呢。他依然想试着用英语朝陆姑娘打招呼:

"Good Morning, thank you——my name……叫卢卡斯!"

第十章　数字最奇妙的地方就是数字本身

我们的教授在小公园的草坪上躺了很久。他在阳光下眯缝着眼睛,不知正想着什么。现在是休息时间,他事先已和我们交代过了。所以,现在他是不是已经睡着了?

西莉娅和莱卡才不管那么多呢。他俩立即朝着沙盒的方向奔跑了过去,想去玩沙子。显然,他们没有事先声明,但就算不说,我们也预料得到!

而我们其他人又想做什么?教授的放松时间并不意味着是我们的放松时间,像沙盒游戏之类的并不受大孩子的欢迎,这是显而易见的事。在阳光里打盹,好像也不属于我们。好了,我们必须想出某些能让教授再次清醒过来的办法。用草茎挠他的鼻子?听起来未免太蠢了。丽莎、卢卡斯、蒂姆,

你们三个快开始思索吧!

"我的背包里放着一只足球。"卢卡斯悄悄地说道,"据我所知,他还是挺喜欢踢足球的。"

可是我们其他人不喜欢呀!所以这个主意被否决了。对不起,卢卡斯。

蒂姆好像有了一个主意。他嘟哝道:"也许我可以去找一个炸薯条小摊,然后给他买点什么带回来。要是他闻到了香味,就会醒过来。"

拜托!蒂姆,这个肯定也行不通,你的馊主意被排除了!

"我想到了!"丽莎拽着自己的头发说,"要不,我们写下一些关于数学的问题?每个人写自己的,最后我们将这些问题扔进头盔里,让他从中抽一张,然后必须回答抽中的那个问题。据我所知,教授先生很喜欢'问题',我也一样!"

没错,丽莎,这个点子真好,你的点子被采纳了!

哈!我也想到了!还要再让教授猜一猜,问题是谁提出的。这一点对他来说,肯定不容易!

当然游戏也就变得更好玩了,不是吗?

"可以,听起来很棒,伊达!"卢卡斯一边咯咯笑,一边挥舞着他的木工铅笔,"Thank you, good morning!"

这会儿还在说英语,你这个唠叨大王!省省力气吧。还有你,蒂姆,马上给我安静下来,不要乱嘟哝。

可是他不理我，还在嘟哝着："我只是想知道，假如教授将这一切猜对了的话，他能够获得什么奖品？我知道在电视猜谜节目里，都是这样的玩法……"

我的天，蒂姆！我们现在是上电视还是怎么了？现在，请将你的小猪数学册子找出来，撕几页纸给我们吧。对，我们自己都已经有铅笔了，就在耳朵后面夹着呢！

所以，这个计划就这么定了，现在大伙可以写起来了。

丽莎和我坐到了一把长椅上，而蒂姆蹲坐到了沙箱的沙子里，西莉亚和莱卡就在那儿挖着他们的沙洞。这时卢卡斯又到哪里去了呢？自然坐在一棵树上啦。不干点爬树之类的事情，他是受不了的！好了，反正教授现在也睡着了，不然的话，他一定又要为卢卡斯担心了。

我觉得我们写了很长时间，然后将纸条放进了头盔。蒂姆总在不断地啃着铅笔头，卢卡斯则一如既往地小声嘀咕。唯独丽莎，她写起来的样子是那么专注，如同被钉在了那儿一样，一动也不动。我却不一样，因为我必须反复思量我的问题是不是傻。

"好了，到此结束！"丽莎喊完跳了起来，摇晃着那头盔，"他如果要挑选的话，就得从这堆小纸条里挑！新的问题就不要再加进来了！"

不能更好了，我反正也想不出什么别的问题了。

有意思的是，那些来自蒂姆的问题总是粘着许多沙子，

而卢卡斯的就像树叶从树上飘落一样,落到了黄色的头盔里。所有纸条中,只有丽莎的问题被折叠得整整齐齐,一看就是她的作品。

好了,现在的问题是,该由谁来喊醒教授呢?还有,应该怎么喊醒他呢?

我嘛……是妈妈在每天早晨叫醒我的!她总是在我的鼻子上亲吻一下。不过这样的做法恐怕在教授先生身上行不通,因为实在有点太尴尬了。

突然,问题迎刃而解。只见西莉娅和莱卡一同从沙箱里飞奔出来,一个尖叫着,一个吠叫着朝小狗游戏区跑去。很明显,他们选择的这条路线将径直踩过教授的肚皮!

哦不!就在这时,小爪子和小脚已经踩到了教授的肚子上,就踩在正当中,然后他们继续往前跑!

果不其然,教授被惊得一跃而起,连眼镜也滋溜一声滑落了下来。他一激灵,将粘在外套上的沙子抖落了下来。

"发生什么了?我该担心吗?"

别担心,教授先生,我们都挺好,最让人开心的事情是你终于醒了。嘿嘿,我们为你准备了一份惊喜!

"但愿我能喜欢。"教授一面打着哈欠,一面摸寻着自己的眼镜。

毫无疑问,这计划应该由丽莎亲自讲给他听,不管怎么说,那都出自丽莎的聪明脑袋。

"我很喜欢这主意!"教授听了后连声赞叹,拭去外套上的沙子后说,"现在就请你们将头盔拿过来吧,我已经满怀期待了!"

他在头盔里面掏过来掏过去,半晌才抽出一张小纸条,然后朗读了出来:

"数字……也可以说话吗?"

说完了这句,他又舒舒服服地坐到草地上,从背包里抽出了他的烟斗,然后惬意地抽了起来。在室外,他被允许可以抽一会儿烟,这一点大家都同意。我们蹲坐在他的身边,围成一圈,只是没有靠得很近,离得有些远。

"这真是一个不寻常的问题,我太喜欢了!"他一边说,一边斜着脑袋。

"先让我预测一下,这个问题一定来自我们的伊达。我说对了吗?"

一点也不错!对他而言,这谜题显然太简单了。因为当他读出这句话时,我已经脸颊发红,他一定看到我的表情了!实在令人尴尬!

他朝着我眨眨眼,继而非常严肃地说:

"伊达,我可以给你一个回答。毫无疑问,数字可以说话,就是通过编码。凭借编码,任何人都可以将自己的某一段消息编译成密码。举个简单的例子,伊达,你想写'教授是傻瓜',而你又不希望我能读到它,这时便可以用数字来替代字母。不过是有规则的，数字代表你写的字母是哪一个。试试吧，伊达！"

噢，不！教授，那句话实在太差劲了。我永远也不会写这样的句子，不管是通过字母还是通过数字都不会！现在的我不只是涨红了脸，脸蛋还——像信号灯一般红。

就在这个关头，卢卡斯挺身而出拯救了我，他甚至还轻轻地摸了摸我的膝盖！你真是的，这叫啥事呢？

"你们听好了。'教授先生很傻'——这句话的数字代码是 10-9-1-15/19-8-15-21/24-9-1-14/19-8-5-14-7/8-5-14/19-8-1①。"接着，他又对教授说，"你可以检查一下，数字已经说话了，yes！伊达应该也能做到，就是要花一些时间。"

教授朝我点了点头，又朝卢卡斯竖起了大拇指，给出了一个大大的赞扬。然后他又拿出第二张纸条，念了起来：

"在最早的时候，人们为什么要为某些东西计数呢？

"原因非常简单，我亲爱的蒂姆，那是因为，人们希望知道具体有多少东西在那儿呀。如果我没猜错的话，一定是你的问题，对吗？"教授说。

蒂姆点点头，又嘀咕着某句和他爸爸相关的话。他的爸爸应该也知道，他的这个问题实在太简单。

---

① 此处将这句话的拼音替换成了数字。

"下一个!"教授喊道,又抽出了一张纸条。不过在读的时候,他的眼睛忽然一亮。

"西莉娅和我,是2个姐妹,但每一人又是一个1,所以2既可以是2乘以1的结果,同时还是1加上1的结果,这一点是我碰巧才想到的。"

噢,丽莎,你这样聪明的灵感,我多么希望也能有!

教授朝着丽莎微笑,同时再一次抽出了他的烟斗:"依我说,由于这个问题不能算是问题,所以我会将它留给你作为最后的总结。"

丽莎扯了扯自己的头发,显出十分尴尬的样子。

她说道:"好吧,那根本不是个问题。我实际上想表达的意思……这确实很让人惊讶,我们可以对数字做任何事情,你可以将它们组合到一起,然后再拆开,又以其他方式再组合,之后仍能获得同一个结果。我是这个意思。"

"我亲爱的孩子,丽莎,我们之间没有分歧。"教授一面说,一面将她的马尾辫从她的嘴巴里小心地拉了出来,不过很快,又被她塞了回去。

"丽莎,你听好了,数字真正神奇的地方恰恰在于数字本身。我也是刚想到这一点的,因为是你给了我最好的灵感!"

很清楚,现在应该轮到谁脸红呢?当然是丽莎咯,但她值得这一表扬。因为她总能以那么好的逻辑去思考问题,可惜我做不到。但是……现在仿佛有了一些改善?我正巧也想

到了一些。既然数字如此神奇——就如教授所说的那样，所以童话世界里的数字拥有魔力也是有道理的。例如我们说过的三个愿望呀、有魔力的七英里飞行靴（一步可以走七英里的靴子）呀，再或者七个小矮人什么的，就连那个代表着不幸的数字 13 也可以包括在内。没有具有魔力的字母，只有具有魔力的数字。至于为什么数字能让东西拥有魔力，大概无法得知，不然也就无所谓魔力了，不是吗？

教授先生听了我的话，不禁蹦了起来。嘿嘿，还有不少青草粘在他的屁股上！他兴奋地晃动着他的烟斗，娓娓道来："数学之友们，我好像告诉过你们，我能从你们的话里获得相当大的乐趣！现在我们的数学话题似乎陡然滑向哲学领域了！其实呀，伊达，这样的想法一点也没错。因为最早的时候，数学和哲学是一体的，它们并存了很长的一段时间，直到很晚的时候才逐渐分开，最后形成了较为严格的分科。假如你们质疑这样的分割……哎，反正也不是质疑我……"

他耸了耸肩膀，又一次点上了他的烟斗，但是它忽然熄灭了——教授没有注意到。

"时至今日，这两门学科又一次相互靠近了，一步一步，以很小的步伐。人们已经理解了——就如同你们一样，我最棒的学生们——当你在极细致地思索数学问题的时候，就是在研究哲学了。对了，你们一定对我们的那次哲学郊游记忆犹新吧！来来回回思索哲学问题，给我们带来了极大的乐趣。

不管如何，起码对我而言是如此，孩子们无不是哲学领域的世界级大师。你们已经为我证明了这一点，在今天你们又一次向我证实，就在这儿，在这片草地上。我确实说过类似的话：孩子们经常被低估了，虽然有时也会被高估。你们说，对吗？"

嗯，错是没错，不过没关系，你可以那样，起码有时候需要。现在，你应该来回答我们的下一个问题咯。

这次的问题非常短，他将它念了出来：

"请谈一谈那些关于偶数和奇数的事情吧！只是不要太冗长了。Thank you！"

教授咧嘴笑了，鞠了一个躬："应该是我感谢你才是！我尽可能简短地反问一下卢卡斯：到底什么是偶数，什么又是奇数呢？"

他四下环顾着："咦，真奇怪，我们的提问者上哪儿去了？"

他正在树上待着呢！教授，你应该猜得到。

只听见他在树上朝下大喊："我知道，2、4、6、8和10都是偶数，而1、3、5、7和9都是奇数！我其实还能数更多，但是我就不往下数了，因为一直数下去的话……时间就太久了。"

"说得没错！"教授抬头朝上喊道，"但是，你能说出它们为什么是这样的吗？"

"这正是我想从你这里知道的事情呢！"卢卡斯朝树下嘀咕道。

"好的！"教授又朝上喊着，"我的回答是，偶数能够被分为相同的两部分，也就是被2除尽，奇数则不行。时间差不多咯，快下来吧，你这只小松鼠！哦，不，等一下，我还需要提一句，还有一些数字，它们只能被1或者它们本身除尽，是不是很特殊？这些被我们称作质数。我们有着许许多多数不尽的质数，但是关于它们，我就不再和你多说了，否则我又要被拍脑袋，被你们说我在高估你们了——也许你们是对的。这个回答满意了吧？卢卡斯？"

"不！"他冲下面喊道，"我是想要一条计算公式，一条简短的，我能够轻松记住的那种！"

"噢，你倒是可以获得一个！"教授喊道，然后皱起了眉头，"不过，请不要这样……从上面高高的地方喊话，让人无法放心。不管是叫一次'滴嘟滴嘟'的救护车，还是上一趟医院，我都担待不起呢。好吧，下面是我关于偶数和奇数的讲述，简明扼要！

"偶数加上一个偶数，我们得到的是偶数；当两个奇数相加，我们得到的还是偶数；假如偶数乘以奇数，得到的仍是偶数。现在请从上面下来！"

卢卡斯下来了，但在爬下来的时候，还在枝丫间晃荡几下，真是一个让人不省心的家伙！好在我们对此再熟悉不过了。可是，教授还是皱着眉头，不放心地伸开了自己的手臂，以防万一。对！如果一不当心的话……不过他已经下来，啥也没发生。

教授总算松了一口气，继续讲述：

"刚才看着卢卡斯下树的时候，我又想起来了，我是不是已经和你们说过关于猴子的故事？不，我应该还没有。我只讲过关于鸭子和小猫咪的故事，它们对数量都有一种直觉。现在我想起来了，那是它们的例子，不是猴子的。现在，我们这里还有一个关于猴子的例子。你们知道吗？猴子对空间和距离有一种直觉，当它们在原始丛林里借助藤条在树木之间荡来荡去的时候，它们总能十分有把握地估计出藤条的长度是否适合跳跃的距离。否则不够的话，咔嚓一声，它们就会掉下来。再比如，猫儿跳到窗台上时，也能准确地估量好距离。狗往往能成功地越过篱笆。假如篱笆过高，它就不会尝试了。我说这些的意思其实是，就算是看似不懂数学的动物，也不会没有这种估量能力——像是把眼前的距离用米尺估量过。这么看来，它们其实也是挺讲规则的，对不对？确切地说，在它们的身体里，这种规则像是被谁编码了！所以可以说，在一条小狗的脑袋里也存在着数学！"

他挠了挠胡子，再一次点燃了他那已经熄灭的烟斗。

"哎呀，我为什么会想到这些事情呢？其实有点偏题啦。你们来帮我找一找源头吧。"

"那是因为卢卡斯，教授，这个攀登起来像是小猴子一样的家伙！不过我是很喜欢那些偏题的内容。那些关于动物的例子总是最容易被记住，我认为这对大部分孩子都有效。只是在丽莎身上会不会奏效呢？我不怎么确定。反正……无论别人说什么，她都可以牢牢记住！

"现在你可以继续说下去了，教授先生，把这些看成我的一些小小偏题吧！"我笑着说。

他往头盔里瞧了一眼，里面仅剩下一张纸片了。但是他依然瞪大眼睛朗读了出来：

"你能教我数学吗，像学校里的老师那样？……蒂姆，这是你的问题吗？"

"不是啦，这只是我爸爸的问题。"蒂姆一面嘟哝着，一面将他的头盔拉到了鼻子那么低的位置，补充说，"我的爸爸就是为此才将我送到这里来的。我要和你一起练习计算。因为……在这方面我确实有些薄弱。又因为你是一位教授，所以你应该比一个……助教老师要好，而且……他还不需要付给你钱，因为你是这样喜欢我。我爸爸就是这么说的……"

此刻，蒂姆的嘟哝声越来越轻了，要是他的头盔不那样小的话，他宁愿将自己藏在里面，一定的！

噢，我的天，蒂姆你可不能赞成这样的说法！这只是你爸爸的一厢情愿。瞧瞧，还好教授先生一点也不生气。还是他生气了？他那样滑稽地摇晃着头，擦着鼻子，就好像突然遭遇了一次感冒似的……不过他根本没有感冒，这一点我还是能辨别的。那么他是不是在自己的手帕后面咯咯地笑着呢？噢噢，是真的，教授，你在笑！我觉得现在你或许应该去安慰一下蒂姆才好，他快要号啕大哭了。

不是快要，是已经哭了。这下好了！

"蒂姆，到我这儿来。"教授温柔地说道，并朝他伸出双臂。蒂姆喘着气，怀里揣着他的背包，没精打采地慢慢走向教授。教授将他拉到了身边的草坪上，用手臂搂住他的肩膀。卢卡斯则坐在了他俩的一旁，不再闹腾。

"蒂姆呀，我的好孩子，现在我们要来分析一下你所说的'爸爸的问题'。"教授说道。蒂姆点点头，表示同意。

"其实，有两点你爸爸说得完全准确。第一点，他不需要付给我钱；第二点，我很喜欢你。可是，有一点我并不同意你爸爸的意见，蒂姆。我并不打算和你们一起练习数学计算，不打算陪着你们从上算到下，从下算到上，再从头来一遍。我不会这样做，学校和你们的老师会教你们做这件事的，他们十分擅长这一点。而我需要做的是和你们一起，从一些与众不同的角度来理解关于数学的万事万物。假如这件事情成功了，我一定会觉得幸福。当然，我本来打算……"

正当教授说到这儿，蒂姆忽然打断了他。出乎意料的是，他并没有哭号，也没有嘟囔，而是依偎在教授的身边说："那是因为……你希望我不再害怕数学，对吗？因为数学很有逻

辑性，有时还很有趣；一些时候，它能被触摸，另一些时候，它又悄悄地隐藏在某个地方，就像隐藏在陆姑娘的小提琴里；你还可以用它来做游戏，因为它永远都不会破坏规则。至于我那本练习册上的作业，现在已经被我完全弄明白啦！我要把这些告诉我的爸爸！"

现在的他深深吸了一口气，又将自己的头盔推了上去。

卢卡斯立马来拍了拍蒂姆："你瞧，这不是挺好的吗？"教授也拍了拍蒂姆的背包——这动作是什么意思呢？蒂姆马上理解了，我也理解了，这个动作是教授对他爸爸的亲切问候，表示对他的蒂姆感到十分骄傲。

而我也为自己能有这样一位教授感到骄傲！因为他总能完美地帮助我们完成一些事情，使我们不必觉得自己很糟糕，永远也不必!

但我是不会将这句话说出来的,也没有必要说出来。也许他多多少少清楚这一点。

教授站起身,舒展了一下四肢,撑一撑胳膊和腿脚。

"我亲爱的朋友们呀,就像前面约定好的那样,现在已到了最后一个环节。听!钟表滴答滴答均匀地打着节拍,时间就这样一分一秒地流逝。这告诉我,孩子们的家长正在期望自己的孩子归来。要是不马上回去的话,晚饭的烤土豆就要烧焦了。所以,我们还是牵起那两个小家伙,找个最舒服的地方待会儿。我需要一杯啤酒,而你们会有柠檬汽水!就这么干吧,好不好?"

尾声　我们的最后一节课，
有啤酒，有汽水，也伴随着思考！

距离公园最好的位置只有几步之遥了，想要逮到那些小家伙并不难，卢卡斯总是那个最好的捕手，毕竟他的两条腿动得比西莉娅的快。转眼工夫，他已经一把抓住了西莉娅，而西莉亚在哪儿，莱卡就在哪儿，但它没被一把抓住，而是迅速地贴着卢卡斯躲了过去，还大声地朝着它的西莉娅号叫，也许是种求救吧！

在小卖部里，教授先生买到了他想要的啤酒和我们的柠檬汽水。事实上，这一回他并没有让我们自己取货、自己付款，因为他已经很清楚无须再测试我们的数学能力了。一瓶啤酒、五瓶柠檬汽水，算好多少钱，然后将钱递过去，不是太多就是太少，我们总可以搞定的。

只是我觉得，在今天活动的最后一轮环节，了解一些新东西会更好。但是迟迟想不出问题！

还是说，问题终于来了？

教授先生此时正舒舒服服地坐在长椅上，端着啤酒和他的烟斗。空气里于是又开始烟雾缭绕了。我们端着柠檬汽水坐在他的身边，只有西莉娅和莱卡没这么做，因为他俩直接蹲到地上，一面玩小石子，一面用某种小狗的语言互相交流着。

蒂姆却显得非常着急，想要在教授身边获得一个位置。这是很新鲜的事情，前所未见！现在，对他而言，教授是不是一个新爸爸呢，还是一个从来都不会严厉地发脾气的爸爸？喔，我不这么认为，或者最多只有一点点这么认为。

真爸爸始终只有一个，这和数学一样有道理。

教授先生往空气中吐着烟圈，然后挨个地审视我们。

"你们认为今天过得怎么样？有没有兴趣告诉我，是普普通通，没啥稀奇的事发生，还是从头到尾无比疯狂？于我而言，这一天过得挺高兴的。还是你们现在有一些困了？"

啊！你怎么会想到这个，教授先生？谁会大白天躺这里睡觉呢？而且还是在草地上？我们当然可以告诉你，我们感到很疯狂！让你大吃一惊吧！

"哈哈，那就请你们让我大吃一惊吧！"教授咯咯地笑了，举起了啤酒杯说,"干杯!"

"在建筑工地,我玩得肯定是最开心的,那台吊车太棒了,yes,干杯!"

显然这是卢卡斯的话,但是你的总结也过于寒酸吧!这种小儿科的总结,教授肯定不想听。

幸运的是,我们还有丽莎,她的脑袋中总会想出一些聪明的东西。

她这么说:

"现在我才理解了数学究竟藏着哪些东西,里头藏着的好玩事情实在不少。没错,某种意义上,数字像岩石一样坚定,并不会摇摆,但是即便如此,它们还是能够变化。就是说,同一个数字能够获得不同的含义,例如,一个数字1在我们的学校里意味着优秀,而在瑞士的学校里,却代表着一场灾难。当我在一个1的后面添加上两个零以后,它就不再是1,而变成了100。它已经获得了新的含义。拜托,伊达,别推我了!"

我根本没推,我只是也想说几句!我说:"我最喜欢的部分是——数学如何隐藏自己,例如藏在音乐里。在那里,就像人们在狂欢节时戴上了一张面具。我们大家都能听到音乐,却不知道里面原来躲藏着数学!总之,数学能够以某种方式变得鲜活生动。因为我们不单能够听到数学,能够读到数学,还可以像在马克西女木匠那儿那样,触摸到它们,我们……"

"但是如果说数学是鲜活生动的,那是因为我们人类将它们变得生动了!"显然,卢卡斯蠢蠢欲动了。现在我要推推他!

"你说得不对,卢卡斯,数学从远古以来一直就在这里,只不过人类在很久以前第一次见到它时就为它命名了,例如数字。更多的,我就不和你唠叨了!要不,蒂姆来替我把话说下去?"

于是,蒂姆接着说:"那是因为,早在人类诞生之前自然就已经存在了,教授先生已经在前一次的进化论主题郊游时向我们阐述过了。那次郊游真是太棒了!今天他又向我们解释了,数学可以被看作是大自然的一种语言。这很有道理,而且……我的爸爸应该也会这么说,譬如在树上的卢卡斯,对,就在刚才你坐着的位置,一定能数清叶子有几片,只是没人这么做而已,换成我也不会这么做。在你爬下来的时候,一定掉落了好几片叶子,这些叶子的数量应该被减掉。再或者,用唾液或者别的什么将那些落下来的叶子重新粘回去……这样人们就可以把它们数进去了。对这棵树来说,有没有数学它无所谓,但数学依然存在于它的身上。我说这么多只是想表达,数学始终在那儿,不会消失。当地球上第一次下雨的时候,雨滴的数量也可以被统计出来,只不过那时还没有会数数的人,那时恐龙的数量一定会比雨滴的数量要少。哎,用雨滴只不过是一个比喻罢了。雨滴是数不清的,它们的数量太多，但依然是可以数的。只不过没有人去做这件事而已。我的爸爸也不会做这件事！"

蒂姆发表了他的长篇大论，天哪！这些意思其实我早就已经表达过了，好吧，没有关系。至少说明他认真地听了这个话题，这对他来说已经不错了。

于是，我抿了一口柠檬汽水，朝他做出干杯的动作。好吧，我承认，假如我们之间有一个被严重低估了的话，那一定是蒂姆同学！但是这件事的责任在他自己身上，谁叫他动不动就端出自己的爸爸来鹦鹉学舌一番……

这番长篇阔论也让教授感到高兴，他冲蒂姆晃了晃他的瓶子，也朝着我晃了一下。我看得很清楚。

"你们的认知道路有时会有一些曲折，但一定能通向正确的终点，"他大笑着说，"那么，我是不是可以听到更多你们的心得呢？"

是的，接下来轮到卢卡斯，但是声音不是从树上传下来的，他也没有站在旁边，他的嘀咕声是从下面传来的。原来，他刚才一直蹲在桌子下面。可是，他蹲在那里干什么呢？这家伙一个劲地呆笑着，还发出口哨一般的呜声，引得我们四个脑袋凑到了一起。在我们面前的卢卡斯正费劲地从奋力挣扎的莱卡嘴巴里，一颗接一颗地取出小石子，旁边则是不停尖叫着的西莉娅，她正忙着把被莱卡口水浸湿的小石子收集到头盔里。

"那个数学狂人的名字叫什么来着？就是那个说所有一切都是数字的那个。"卢卡斯的声音突然提高，"喂！莱卡！"

"拜托，那是毕达哥拉斯！"丽莎朝着桌子底下怒吼道，"西莉娅！赶快放开你手里的东西，这到底是什么东西！"

"不要，它们很好的，它们叫——口水小石子！"西莉娅一面说，一面从嘴里吐出了一块小石子。卢卡斯又站起身，一手夹着莱卡，另一手夹着西莉娅，她还拎着那装满口水小石子的建筑安全头盔。

"我想说的是，那个叫毕达哥拉斯的家伙说一切都是数字的时候，已经认识到所有东西都是可以被计算的……没错，所有东西！包括这个巨大的宇宙。不过话又说回来，他一定没有将西莉娅和莱卡算在内，因为这些家伙根本无法计算！我的意思是，一旦他们玩'嗨'了，连石子也会吞下去的！"

他说着将西莉娅放回了丽莎的怀里，又将莱卡拴到了皮绳上。这回取代石子、塞到他俩嘴里的是饼干，每个分到半块，十分公平。当然，这些饼干是蒂姆背包里最后的存货，而那些被西莉娅收集到头盔里的口水小石子嘛，被教授通通倒掉了。我马上注意到，当丽莎说出下面这段话的时候他并没有仔细聆听。他斜着脑袋在观察那些石头。

"你不可以这样说，卢卡斯，我们所说的'不可计算'是指比如雨点和宇宙，人们确实可以计算，星星也可以数出来，但它们的数量嘛，其实是无穷的。无论如何，这也是一种数学。而莱卡和西莉娅，却完全是另一码事。我觉得，他们的行为跟计算没多大关系。我们只是'不可预计'他们的行为。两个词听起来很接近，但其实意思并不同。所以我觉得你的词……是不是用错了？"

卢卡斯思考着，点点头，表示认可，我也点点头。蒂姆却没有。

他深深地吸了一口气。当他这样吸气的时候，就代表一定又会唠叨他爸爸说过什么。果然，我料到了！

"我的爸爸说过……那是他在报纸里读到的，报纸里写着，借助非常棒的计算机程序，人类也可以预计出这种行为。例如，当我今天高高兴兴地用薯条填饱了肚子，那个计算机就会说，我很可能明天又会去一趟卖薯条的售货摊。"

好吧，蒂姆，这些话让我笑个不停，丽莎也在旁边忍不住笑出了声。这不是……废话嘛！想知道这一点，你爸爸完全不需要电脑，他对他的蒂姆了解得一清二楚！"哎哟，我说，这只是一个例子！"蒂姆嘟哝着，抚摸着自己的背包。难道，这个背包现在是他那被喂饱了薯条后的肚皮？

"毕竟也不算很傻的例子。"教授发话了。瞧，他还是在认真地听！只是紧接着，他又叹了一口气："好吧，我们的计算机，这个超级计算大脑，今后它会给我们提供什么更惊人的计算数据，只有上帝才知道。"

"这样的东西是不存在的！"卢卡斯笑了笑，拿起他的柠檬汽水，说，"干杯！"

教授也对他笑笑，表示回应，然后将西莉娅头盔里所有的小石子铺在了桌面上。这是要干吗？莫非要将这些石子放到太阳底下晒干？他是这么解释的："我也想到了一个比喻，就是关于长着两条腿的超级计算大脑的！

"请不要这么怀疑地望着我，有时候我们该假设一些事，不是吗？现在，谁能协助我做一个简单的计算示例？有谁愿意？还有谁没有发言？伊达，你先来试试怎么样？"

"没有问题，我很乐意参与。蒂姆，你快让开，我现在需要靠着教授的那一个位置。"

"伊达，你听着，现在请为我数出十枚小石子，再将其中一枚放在最顶上。是的，做得很好！看见了吗？这是第一枚石子，也是第一行。接着，在它下面一行排上两枚小石子，很好！现在伊达，在接下来的一行排三枚小石子。对，做得太棒了！那么在最后一行你该排几枚小石子呢？我相信你的计算能力。"

拜托！教授！这种问题，哪怕是幼儿园的小矮人都能准确无误地报出答案。十颗小石子里也只剩下四颗了，对不对？

教授哈哈大笑，一面拍着自己的手一面说：

"现在，我的问题并不是一个幼儿园的问题，而是适合各

种年龄！现在你们在桌子上看到了什么？"

好吧，我们在桌子上看到了什么？自然是一个三角形咯，而且还是等边的。等边意味着它的每一条边都有四枚石子。没错，而且所有石子的总数量等于 10，所以……

"所以，我就是想引出这个数字 10 嘛！"

这时，教授先生竖起了他所有的手指："在毕达哥拉斯看来，10 就是所有数字的母亲。因此他很推崇 10，我们今天才会用十进制进行计算。关于这件事，之前我提过吗？"

"说过啦，教授！"丽莎打手势示意，立马数了出来，"10，100，1000，以此类推永无止境，这一点我们很早就知道。"

"说得很好，丽莎！"只见教授的眼里又一次闪出了亮光，"按照这种计数系统，确实可以无穷延伸下去，就如你说的那样，永无止境。你可以按照一种你喜欢的规则数下去，直到遥远的某一天……百万、十亿、千亿，等等——所有这些，不管你怎么称呼它们……即便没有称呼，它们依旧还是能被计数。听起来是不是相当厉害？"

他说着跳了起来，一不小心撞到了桌子上。哗啦！所有小石子撒落了一地，哎呀，我漂亮的石子三角形就这样没了。不过，他好像完全不在意。

"话说，过去有一个爱胡思乱想的人，"教授大声说道，并绕着我们团团转，"这个家伙整天，不对，是连着几个星期、几个月都在尝试将数字不停地加，可是直到最后，他还是没有找到终点，据我所知，后来……他的脑子也变得不太正常了。

"关于数字的无穷尽，让我们就此打住吧。这真是一个可以让人发狂的小游戏，但是我们确实不需要把问题弄得太高深，保持基础高度就好。"

说着他瞥了一眼手腕上的表。

"噢，不，教授，我们是不是该回家了？"

我要叹气了。现在他将那些空瓶子整理到了一起，伸手抓起了他的头盔和背包……

"好吧，家里还有作业等着我呢，"卢卡斯叹息道，拳头还在空中挥舞着，"现在我对回家做作业的兴趣度为 0 啦！"

哎呀！感谢你的提醒，卢卡斯！这让我又想起了一些事，教授就不能那么着急地赶我们回家了。"教授先生！"我紧紧地拽住他的袖子，"能不能给我们讲一些关于数字 0 的事情呢？"

教授本来抱着满满一怀的空玻璃瓶，立马又把它们放回了桌子上。"咦，真奇怪，请你们告诉我，我难道还没有给你们讲过关于 0 的故事？我挺意外，因为数字 0 在我看来实在是一位很特别的成员。"

"你没有说过，或者，仅仅说过一点点。对吗？"

我迅速望向身边的小伙伴们，特别是丽莎，此时万分需

要她的帮助！幸好所有人都点头表示同意。这下他必须说说啦，我们的教授！卢卡斯，你的作业得推迟了。

只见教授再一次将头盔摘掉，然后坐了下来。此时我很确定，他喜欢我们提问题。不过他更喜欢我们思考，那些思考能够激发他，就像在给他的脑袋挠痒痒一样。现在终于迎来了一些能"挠痒痒"的好问题，是的，它们来自丽莎。

"为了维持我们的十进制计数系统，肯定需要数字0，否则一切就运行不起来。但就本义而言，单独一个0代表着什么都没有。它只是有时候起到某些作用，例如在2的后面跟着一个0，就变成了20，1的后面跟着一个0，就成了10，以此类推。而事实上，这个0相当懒惰——就像俗语里我们骂人懒惰时，会说'零蛋'一样。"

教授咯咯咯地笑了，我们也一起笑了起来，丽莎好像有一点点脸红。

"丽莎，不管怎样，这个懒惰的0仍然不可替代。没有一个十进制系统能够离得开0。假如没有这个0，我们能做什么事情呢？"

他挠了挠自己的胡子，调整了一下眼镜。

大伙又紧紧挨着他坐下。西莉娅坐在卢卡斯的膝盖上，吮吸着她的手指，莱卡则蹦到了教授的背包上，左一下右一下地咬起了包上的皮带。教授先生继续说道：

"这个懒惰的数字0并不是一直就有的，直到十七世纪它才作为一个数字被彻底认可。并不是特别久，是吧？但是其实人们很早就认识它了。它是在古印度被发明出来的，据我所知，是在公元四百五十八年，或者差不多的时间吧……至于它为何那么久都不被重视，我也不知道。

"今天，除了数学的意义外，0还获得了许多其他含义。不仅仅是'零蛋'，它已经成了一种象征符号。"

说完，他咯咯地笑出声来，然后朝我们眨眨眼。

"我想到了一个例子，你们可能还不知道，国王也要步行去的门上画着什么？"

"是一个0，再加上一个0！①"丽莎喊了起来，显然她对此知道一些什么。

卢卡斯则嘟囔了起来："说到0，一定要说詹姆斯·邦德007，真是一部很棒的电影！丽莎你知道这个吗？也许这里面的0有什么意义！"

"0加上0还是等于0。"丽莎打断了他的话，自顾自地补充，一边激动地扯着头发："类似的情况，在其他数字身上都不可能发生。通常，一个数字加上自己，我们总能得到一个新的数字，唯独0不行。只有当它'粘'在其他什么数字后头的时候，才显出其重要性。甚至在古老的厕所门上，还需要画着两个0。单独的一个0是无法表达意思的。"

---

① 这个门是指厕所门，德国的厕所门上画着两个0。

"但是在我的数学作业里,我希望错误为 0,"蒂姆插话了,不过这次没有嘟哝或哼哼,"0 就不是什么意义也没有的。如果真的是零错误率,多少也是一件令人快乐的事情,起码对于我和我的爸爸是如此。只不过,这样的快乐我们还没有过。"

"蒂姆,你似乎还忘了点东西!因为在零错误率里,除了零,还得加一个东西——那就是错误率。在写的时候,你也得写下这个词。所以,当人们夸奖零错误率时,是因为'零'后面加了'错误率'才得到夸奖的。我就是这么看的,蒂姆。"

蒂姆又嘟哝着什么"反正这样的事不会发在我身上",伸手拿了一个汽水瓶,可惜这个瓶子已经空了。

教授将瓶子从他手里接过去,并大笑道:"哎呀,这个可怜的数字 0,被我们大多数时候忽略了!不过请你们设想一下,假如在火箭科学研究的过程里离开了这个 0,将会发生多大的灾难呢!倒计时需要倒数 3-2-1,只有 0 被最终数出来时,火箭才能发射。假如那个 0 不存在,一切可能完全发动不起来。"

"正因为有了这个 0,这一切才不是问题。"卢卡斯嘀咕道。他要是再这样动个不停,就要从长凳上摔下来了。

"不管怎么说,与 0 相关的事还真奇怪呀。"丽莎说着,又凑近了教授。

"当我们数出 0 的时候，就意味着没有数到任何东西，而当我们数出了 1 时，肯定数到了一些东西。这有点像 0 代表你哪里都不去，而 1 则代表——你突然去了某个地方。至少我是这么理解的。"

"丽莎，我的孩子，你思考的方式真是很哲学噢！这让我感到很幸福。"教授说着，再一次将手伸向了桌子上的玻璃瓶，"0 永远是 0，就如同 1 永远是 1，这两个家伙永远处在隔绝的不同状态里。当然，这点对其他数字也起效，它们的独立性好像是铁一般的法则，不可侵犯。"

说着，他将那些空瓶子放到了一个专门收集玻璃制品的大号垃圾箱里。叮呤咣啷的响声中，教授朝我们喊道：

"现在我又想到了一条阿拉伯谚语，大意是，当一个小矮人坐在最高的一级台阶上，也比坐在最底下的巨人要高一点。"

哐的一声，最后一个玻璃瓶也被扔了进去。哎呀，那声音听起来像可怕的结束语……我们今天的行程要结束了！

"关于这句有趣的谚语，我亲爱的数学爱好者们，可以留给你们回家绞尽脑汁思考一下。"教授说完后，将那个明黄色的头盔戴在了他的光脑袋上，又擦拭起了他的眼镜。

"威廉·布什[①]的话是怎么说的？'1-2-3，时间飞逝，

---

① 德国诗人、喜剧作家。

我要快跑！'我要快快地回到大学，回到学生们那里去。而你们呢，也要快快地回到家长身边。还是那句老话说得好，没有结束语的文章永远算不上好文章！总之。我会十分想念你们的！"

他将自己的眼镜重新戴了上去。现在，镜片虽然看上去更明净，但我突然觉得它有一点潮湿……

天哪，教授！我们会更想念你！比之前一百倍、一千倍地更想念你。不，是无法计数地想念你。总之可以这样告诉你，假如我们不控制的话，眼泪一定会哗哗地流下来。

我们的教授咽下一口口水，清了清嗓子对我们说：

"现在我们是要集体大哭一场吗？要是这样的话，我可要和你们说点别的什么，我们为什么不一起开一场聚会呢？那将是一场真正的天文学-哲学-生物进化论聚会，再添上今天的数学，大——大的聚会！不仅有许多好吃的，也有让你们喝不完的柠檬汽水，还有我的一大杯啤酒！在聚会上，我们会将获得的知识交织在一起，然后我们就能看见，这些知识之间存在着多么密切的联系。如果没有数学，人类就发展不出天文学；没有哲学，就没有数学；甚至连我们的大伙伴——生物进化论，也可以归类到这个大圈子里头！你们的老教授一定会非常享受，他心爱的小朋友们能在旁边认真倾听与领悟。我已经迫不及待了，你们也期待吗？"

能多期待，就有多期待！教授，那么我们究竟何时办这样一场聚会呢?

后天可以吗?

"可以,我先报名!"教授喊道,"现在听好了,所有人都到我这里来,互相好好地拥抱告别,然后就回家!"

哇!教授,你真是我所认识的最好的、最聪明的教授!这是我有史以来获得的最好的生日礼物,不可能更好了!我太期待下一次聚会了!

就这样,教授站在大草坪的中央,我们这些孩子有的牵着他的手臂,有的攀在他的背上,有的抱住了他的腿,还有一条小狗竟自作主张地在他的鞋子上撒尿。不过……这件事嘛,他一丁点也没注意到。

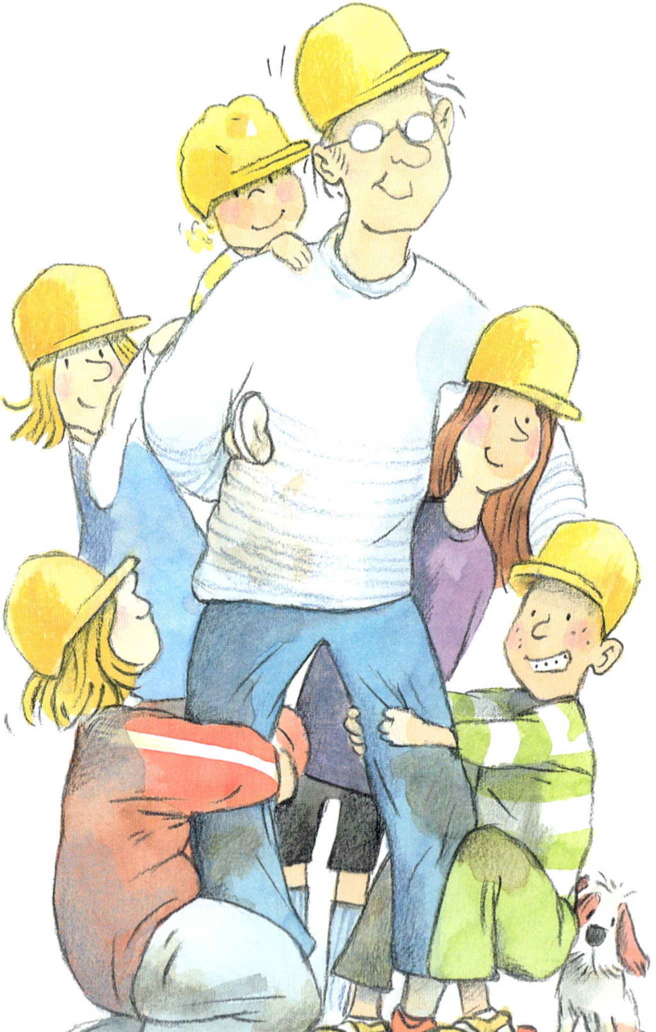